Herbert George Wells (1866-1946) nació en Bromley, Reino Unido. Una beca le permitió estudiar en el Royal College of Science de Londres. Trabajó de contable, maestro de escuela y periodista hasta 1895, año en el que salió a la venta su primera novela, *La máquina del tiempo*, donde ya aparecía la explosiva mezcla de ciencia, política y aventura que haría de sus libros un éxito. Desde su publicación pudo dedicarse en exclusiva a la escritura. Wells produjo más de ochenta libros a lo largo de su vida, entre los que destacan aquellas obras que contribuyeron a crear un género, la ciencia ficción: *El hombre invisible* (1897), *La guerra de los mundos* (1898) y *La vida futura* (1933), todas llevadas al cine en varias ocasiones. Además, Wells escribió *Kipps: la historia de un hombre sencillo* (1905) o *La historia del señor Polly* (1910), profundos retratos de su época; y novelas sociales como *Tono-Bungay* (1909) o *Mr. Britling Sees it Through* (1916). Tras la Primera Guerra Mundial publicó un ensayo histórico que se haría muy popular en el Reino Unido, *Esquema de la historia* (1920), así como la celebrada *Breve historia del mundo* (1922). El pesimismo y las dudas acerca de la supervivencia del ser humano en una sociedad que la tecnología no había sido capaz de mejorar impregnan sus últimas obras, por ejemplo, *El destino del homo sapiens* (1939) o *42 to 44* (1944).

Lourdes López Ropero (La Coruña, 1973) es Profesora Titular de literatura inglesa en la Universidad de Alicante y doctora en Filología Inglesa por la Universidad de Santiago de Compostela. Su principal línea de investigación ha sido la literatura derivada de los procesos de colonización y descolonización en el mundo anglófono. Ha trabajado también la evolución de géneros como la distopía y la elegía en la actualidad, así como la construcción de la memoria y el olvido en la literatura. Sus estudios críticos han aparecido en editoriales y revistas científicas de ámbito internacional.

H. G. WELLS

El hombre invisible

Introducción de
LOURDES LÓPEZ ROPERO

Traducción de
JULIO GÓMEZ DE LA SERNA

PENGUIN CLÁSICOS

Papel certificado por el Forest Stewardship Council®

Título original: *The Invisible Man*

Primera edición: febrero de 2022

PENGUIN, el logo de Penguin y la imagen comercial asociada son marcas registradas
de Penguin Books Limited y se utilizan bajo licencia.

© 2022, Penguin Random House Grupo Editorial, S. A. U.
Travessera de Gràcia, 47-49. 08021 Barcelona
1968, Julio Gómez de la Serna, por la traducción
Diseño de la cubierta: Penguin Random House Grupo Editorial / Marta Pardina
Imagen de la cubierta: © Sergi Delgado

Printed in Spain – Impreso en España

ISBN: 978-84-9105-541-9
Depósito legal: B-18.851-2021

Compuesto en M. I. Maquetación, S. L.

Impreso en Liberdúplex
Sant Llorenç d'Hortons (Barcelona)

PG 5 5 4 1 9

Índice

INTRODUCCIÓN

El hombre invisible es una de las obras escritas en la década de 1890 que no solo consagraron al autor inglés Herbert George Wells como a uno de los escritores más populares e internacionales del momento, sino que lo convirtieron en el precursor indiscutible del género de la ciencia ficción. El gran éxito cosechado por su primera fantasía científica, *La máquina del tiempo* (1895), le dio a este humilde exaprendiz de pañero y exprofesor de biología de Bromley, Kent, la medida de su potencial literario, que le animaría a producir en un corto periodo lo que la posteridad reconocería como sus narraciones más emblemáticas: *La isla del Doctor Moreau* (1896), *El hombre invisible* (1897) y *La guerra de los mundos* (1898). En los albores del siglo xx, las obras de Wells se publicaban casi simultáneamente en Inglaterra y Estados Unidos y se traducían a varias lenguas europeas.[1] Se perfilaba pues el joven Wells como un hombre dispuesto a explorar límites y traspasar

---

1. A modo de ejemplo, *La guerra de los mundos* fue publicada en España en 1902 y *El hombre invisible* en 1905. Véase Alberto Lázaro, *H.G. Wells en España: Estudio de los Expedientes de Censura (1939-1978)*, Madrid, Verbum, 2004, pp. 47-60.

fronteras de diversa índole: sociales, disciplinares, temporales, geográficas. Y de lo mismo harán gala sus afamados personajes.

El hombre invisible nos introduce en los avatares vitales de Griffin, un investigador científico que, tras años de precaria existencia e intenso estudio, consigue hacerse invisible y franquear el límite de lo posible. Para Griffin este logro implica, en sus palabras, «trascender la magia» (p. 143). Es necesario señalar que esta frase alude a muchos siglos de historia en los que la invisibilidad se perfila como un anhelo humano ligado al mito y la leyenda, pero que los avances científicos del siglo XIX acercan un poco al ámbito de lo real. Si nos remontamos a la Edad Antigua, como señala Phillip Ball, encontramos un ejemplo paradigmático de este mito en la historia del Anillo de Giges, narrada por Glaucón en *La República* de Platón (circa 370 a.C.).[2] Cuenta la historia que Giges era un pastor lidio que, tras una tormenta que abrió una enorme grieta en el lugar donde se hallaba, encontró un caballo de bronce dentro del cual yacía el cuerpo de un gigante, cuya única vestimenta era un anillo de oro. El pastor cogió el anillo para más tarde descubrir fortuitamente que si giraba su engaste hacia la palma de la mano, el anillo le otorgaba el poder de la invisibilidad, estado que podía revertir con solo volver a girarlo. No tardó Giges en activar su prodigioso talismán, que usó para seducir a la esposa del rey, asesinarlo y usurpar su trono. Glaucón emplea este relato para ilustrar su idea de la corruptibilidad natural del ser humano y el reclamo irreprimible de la invisibilidad, explicando que en estas circunstancias «no habría persona de convicciones tan firmes como para perseverar en la justicia y abstenerse en absoluto de

2. Phillip Ball, *Invisible. The History of the Unseen from Plato to Particle Physics*, Londres, Vintage, 2014.

tocar lo de los demás, cuando nada le impedía dirigirse al mercado y tomar de allí sin miedo cuanto quisiera, entrar en las casas ajenas y fornicar con quien se le antojara, matar o libertar personas a su arbitrio, obrar, en fin, como un dios rodeado de mortales».[3] La invisibilidad se erige en este mito, como lo hará también en un principio en la novela de Wells, como una garantía de impunidad que da un enorme poder y ventaja al que la posee, y lo conduce inevitablemente a obrar en beneficio propio y en perjuicio de los demás. Es más que probable que Wells conociera la historia, ya que en su autobiografía identifica *La República* —un libro que leyó siendo adolescente en la biblioteca de la casa señorial de Uppark donde su madre trabajaba como criada— con una de las lecturas más formativas de su vida.[4] La coincidencia de iniciales entre Griffin y Giges podría entonces ser deliberada.

Las grandes innovaciones científicas de finales del siglo XIX contribuyeron a darle cierta legitimidad empírica al concepto de lo invisible, alejándolo del ámbito de la magia y el oscurantismo. Marie Curie resumió esta idea diciendo que los nuevos descubrimientos parecían «derivados de la fantasmagoría».[5] Con ello se refería no solo a los minúsculos elementos químicos con actividad radiactiva invisible que los Curie habían logrado identificar, el radio y el polonio, sino al descubrimiento de los rayos X por el físico alemán Wilhelm Röntgen, invisibles pero capaces de penetrar la materia, o las ondas de radio de Hertz y Marconi que hicieron

3. Platón, *La República*, Santa Fe, El Cid Editor, 2004, p. 156.

4. H. G. Wells, *Experiment in Autobiography*, Londres, Jonathan Cape, 1969 (1934), p. 138. Phillip Ball establece una conexión entre el mito platónico de Giges y esta novela de Wells, en *op. cit.*, p. 169.

5. Phillip Ball, *op. cit.*, p. 130. Todas las traducciones son mías.

posible la comunicación a distancia.[6] Por otra parte, la revelación científica de la existencia de un ámbito invisible pero real hizo resurgir las creencias espiritistas, o fenómenos como la telepatía, y eran muy populares los espectáculos de magia donde se hacía desaparecer a alguien.[7] Si pensamos que los rayos X fueron descubiertos en 1895, el mismo año en que se publicó *La máquina del tiempo*, podemos apreciar que Wells escribía sus fantasías científicas en un clima receptivo a lo extraordinario. Esta idea aflora en *El hombre invisible* durante la conversación mantenida entre el señor Marvel y un marinero, que afirma: «Nunca había oído hablar de un hombre invisible; pero hoy en día se oyen tantas cosas extraordinarias que …» (p. 109). No por ello los prodigios que tienen lugar en esta y otras aventuras wellsianas —viaje en el tiempo, invasión espacial, trasformación de animales en humanos— dejaban de ser insólitos para los lectores de la época, pues todavía no han dejado de serlo.

Esta revisión de las fuentes primordiales de las que se nutre *El hombre invisible* nos permite aproximarnos a la novela como una fusión de mito y ciencia, donde, como veremos, la ciencia, representada aquí por los experimentos de Griffin, no logra finalmente superar a la magia, o al poder maravilloso del anillo de Giges. En los capítulos 19 y 20 de la novela, Griffin explica al incrédulo doctor Kemp la base científica de su increíble transformación, una combinación de la manipulación del índice refractivo de la materia y la aplicación de los rayos de Röntgen. Wells evoca así el conocimiento científico del momento, pero lo eleva a un nivel fantástico en sus resultados, ya que la consecución de la invisibilidad no era

6. *Ibid.*, pp. 92, 100.
7. *Ibid.*, pp. 42, 101, 193.

factible. De hecho, aquí reside la principal diferencia entre Wells y el gran escritor francés Julio Verne, con quien a menudo Wells era comparado. Wells se distanció de Verne explicando que mientras que este reflejaba «posibilidades reales de invención y descubrimiento», como el viaje submarino, sus historias eran «ejercicios de la imaginación», más afines a obras como *El asno de oro* o *Frankenstein*.[8] Además, las fantasías de Wells carecen del optimismo de Verne y los experimentos de sus osados científicos resultan problemáticos. Como se ha afirmado, sus narraciones están llenas de «inversiones irónicas» que siguen un patrón en el que la «hibris» del protagonista desemboca en «némesis».[9]

Tras probar el éxito de su fórmula invisible en un gato, Griffin se la aplica a sí mismo y muy pronto su casero le brinda una oportunidad para esgrimir su nuevo poder cuando sube a su apartamento dispuesto a expulsarlo bajo acusaciones de maltrato animal, pues la vibración de sus aparatos y los maullidos del gato habían alarmado al vecindario, pero se encuentra la habitación vacía. Tras poner a salvo los cuadernos donde guarda sus notas secretas, Griffin prende fuego al edificio para borrar su rastro y, en la línea de Giges, piensa: «Empezaba a comprender las extraordinarias ventajas que mi invisibilidad me proporcionaba. Mi cabeza estaba ya rebosante de planes para poner en práctica todas las cosas fantásticas y extraordinarias que ahora podía llevar a cabo con absoluta impunidad» (p. 155). Lo que lo diferencia de Giges, sin embargo,

8. H. G. Wells, citado en Bernard Bergonzi, *The Early H.G. Wells: A Study of the Scientific Romances*, Toronto, University of Toronto Press, 1961, p. 18.

9. Patrick Parrinder, *Shadows of the Future: H. G. Wells, Science Fiction and Prophecy*, Nueva York, Syracuse University Press, 1995, p. 11.

es que Griffin no tarda en descubrir que su invisibilidad, que se presenta como irreversible, le genera toda una serie de problemas cotidianos que no había previsto. En el mito, la actividad invisible de Giges en el palacio real se cuenta de forma sumaria sin ningún tipo de detalle realista, pues el foco está en el poder mágico de un anillo infalible, y además el pastor tiene un control absoluto sobre su transformación, que activa y desactiva girando la sortija. Pero Griffin, tan pronto como pone el pie en la transitada Oxford Street un frío día de enero, cae en la cuenta de los grandes retos materiales que paradójicamente su nuevo estado le plantea, pues, aunque invisible, sigue siendo un sujeto corpóreo. Así, los pisotones y los golpes accidentales son continuos, los niños persiguen sus huellas y los perros, su olor, debe pasar frío y resfriarse para evitar que su ropa lo visibilice y acaba delatado por sus estornudos, por citar algunos de los ejemplos que confieren a esta novela tintes tragicómicos. No en vano, tras leerla, Joseph Conrad, un profundo admirador del escritor, le dedicó a Wells el apelativo de «realista de lo fantástico».[10]

La novela comienza cuando un atribulado Griffin se refugia en el pequeño pueblo de Iping tras dejar Londres, con el fin de descubrir la fórmula que lo rescate de su invisibilidad. Sin embargo, su situación empeorará progresivamente y se verá abocado a llevar la vida de un ladrón fugitivo hasta encontrar su némesis final. Cuando, perseguido por los habitantes de la zona, se refugia en la casa del doctor Kemp, Griffin se ha convertido, irónicamente, en un epítome de vulnerabilidad, desesperado por satisfacer necesidades básicas como comer, dormir o vestirse. A través del fatalismo

10. Joseph Conrad, «Joseph Conrad's impression» (1898), *H.G. Wells. The Critical Heritage*, Patrick Parrinder, ed., Londres, Routledge, 1972, p. 60.

que rodea a este personaje podemos entrever el posicionamiento de Wells con respecto a la ciencia y sus avances. Que Wells empezara su carrera literaria con un maridaje de fantasía y ciencia no es accidental, sino el producto de la familiaridad que el autor tenía con esta disciplina tras sus estudios en la Normal School of Science de Londres, el actual Royal College of Science. El ingreso en esta institución en 1884, gracias a una beca de formación de profesorado, supuso un verdadero salvavidas intelectual para el joven Wells, que tras la ruina económica de su familia se había visto abocado junto con sus hermanos a formarse como aprendiz de pañero.[11]

En ensayos como «El redescubrimiento de lo único» (1891) y «La extinción del hombre» (1897), ejemplos de su periodismo científico, se vislumbra una actitud cautelosa y escéptica con respecto a las promesas de la ciencia y el bienestar humano, en consonancia con un clima de incertidumbre por el futuro típicamente finisecular.[12] El exceso de confianza en el poder de la ciencia que Wells percibe en su sociedad se evidencia en la ambición de Griffin por trascender la magia con sus investigaciones. El autor socava el endiosamiento humano cuando se refiere a la ciencia como «una cerilla que el hombre acaba de encender» para darse cuenta de que, en lugar de iluminar toda una habitación y desvelar «los maravillosos secretos inscritos en sus paredes», alumbra solo «sus manos» y «apenas su propio cuerpo y el trozo de espacio que ocupa», y «en lugar del bienestar y la belleza que había anticipado, a su alrededor

11. Patrick Parrinder, «Wells, Herbert George (1866-1946)», *Oxford Dictionary of National Biography*, vol. 58, Oxford, Oxford University Press, 2004, p. 57.

12. Bernard Bergonzi, *op. cit.*, p. 4.

solo permanece la oscuridad».[13] Así, una vez que consigue invisibilizarse, Griffin se da cuenta de lo mucho que todavía desconoce del fenómeno que creía dominar, que lo sumerge en un nuevo misterio impenetrable, lo transforma en una figura grotesca y lo condena a una cotidianeidad incómoda. Siempre profético, Wells sentía una profunda preocupación por el futuro de la especie humana. Al observar que sus contemporáneos se creían infalibles y confiados en su destino, presentía que el hombre se podía extinguir al igual que otras especies dominantes lo hicieron en el pasado; bastaría con la aparición de una nueva plaga más terrible que las que azotaron la Edad Media, o con las propias tendencias autodestructivas del ser humano, empeñado en alterar determinados equilibrios naturales.[14]

La figura del científico solitario y consumido por una obsesión que representa Griffin suscita consideraciones de tipo ético que eran fundamentales para Wells. El primer año que el autor cursó en la Normal School sería, como él reconoció, el más formativo de su vida, gracias a las enseñanzas de su profesor de biología T. H. Huxley, un prestigioso seguidor del evolucionismo darwiniano. El concepto de «evolución ética», que Wells aprendió del magisterio de Huxley, fue clave para el desarrollo del pensamiento sociopolítico del escritor. Según el célebre biólogo, la evolución humana debía estar controlada por principios éticos y perseguir el bien común y la cooperación, en lugar de estar gobernada por la

13. H. G. Wells, «The Rediscovery of the Unique», *The Fortnightly Review*, 1891, <https://fortnightlyreview.co.uk/2017/08/the-rediscovery-of-the-unique/>.

14. H. G. Wells, «The Extinction of Man», *Certain Personal Matters*, Scotts Valley, CA, CreateSpace, 2016.

lucha competitiva e individualista por la supervivencia. Huxley estaba en desacuerdo con la máxima de «la supervivencia del más capaz» y a favor de «capacitar al máximo número posible para sobrevivir».[15] En este contexto, la educación se convierte en una herramienta fundamental no solo para el progreso, sino para aprender a usar el progreso en beneficio del ser humano.[16]

Al igual que su antecesora *La isla del Doctor Moreau*, *El hombre invisible* puede leerse como una advertencia sobre los abusos de una ciencia desprovista de ética. Griffin realiza sus experimentos buscando el provecho personal, carece de control y obtiene resultados que no puede dominar y que le llevan a desarrollar un comportamiento antisocial y delictivo. El poder destructivo de su investigación no se disipa tras su muerte, ya que sus cuadernos científicos quedan a la merced de fuerzas que podrían hacer un uso irresponsable de ellos. En el Epílogo de la novela nos enteramos de que los cuadernos están en manos del señor Marvel, que no los puede descodificar, pero que tiene interés en hacerlo, seducido por el poder irresistible de la invisibilidad: «Una vez que haya conseguido descifrarlos… ¡Dios mío! No haría lo que él hizo; haría… ¿quién sabe?» (p. 219). Todavía más preocupante es que Marvel nos informe de que el doctor Kemp, alguien con capacidad de comprender la ciencia de Griffin y que se había erigido en centro moral al delatarlo a la policía, codicia los cuadernos y los ha buscado sin cesar.

No es difícil interpretar a Griffin como una encarnación del estereotipo del «científico loco» representado por personajes como

15. John Partington, *Building Cosmopolis: The Political Thought of H.G. Wells*, Londres, Routledge, 2003, pp. 2-3.
16. *Ibid.*, p. 15.

Henry Jekyll o Victor Frankenstein. De hecho, puede resultar un personaje un tanto plano hasta que, en el capítulo 18, se presenta al doctor Kemp, desvela su nombre real y empieza a desgranar un pasado hasta entonces desconocido para el lector: «¿No te acuerdas de mí, Kemp? Soy Griffin, compañero tuyo de la universidad» (p. 126). Es en momentos como este, con un Griffin hambriento, exhausto, herido, desnudo y perseguido que pide ayuda para salir de su precaria situación, cuando el personaje cobra una dimensión profundamente humana que invita al lector a trascender el estereotipo, ponerse en su propia piel e incluso identificarse con sus emociones y experiencias. Las novelas tempranas de Wells hablan de los peligros de la ciencia y la incertidumbre sobre el futuro a finales de un siglo de vertiginosa innovación, pero también hablan de lo atemporal de la condición humana.

Borges elogia esta transversalidad de las fantasías científicas de su escritor favorito, que para él simbolizan «procesos que de algún modo son inherentes a todos los destinos humanos». Así, añade, «el acosado hombre invisible [...] es nuestra soledad y nuestro terror».[17] A través de este prisma, Griffin parece más víctima que villano, semejante al *outcast* o marginado social, y se difumina su faceta de científico osado e irresponsable. Esta interpretación del personaje no ha pasado desapercibida para la crítica: se ha señalado, por ejemplo, que Griffin se diferencia por su origen humilde de precedentes como los doctores Jekyll y Frankenstein, pertenecientes a un estrato social privilegiado.[18] Es significativo que cuan-

17. Jorge Luis Borges, «El Primer Wells», *Otras Inquisiciones*, Madrid, Alianza Editorial, 1993 (1952), p. 91.
18. Robert Sirabian, «The Conception of Science in Wells' *The Invisible Man*», *Papers on Language and Literature*, 37, 4, 2001, p. 393. Véase también

do encuentra al señor Marvel, un vagabundo que se está probando unas botas nuevas que ha mendigado en una cuneta, Griffin se identifica con su marginalidad: «Aquí —me dije—, aquí hay un proscrito como yo» (p. 85). En sus revelaciones al señor Kemp sobre su pasado, Griffin se perfila como un individuo doblemente marginado por su albinismo, que lo hacía diferente en el aspecto físico, y por su extracción social baja, para quien el descubrimiento de la fórmula de la invisibilidad ha supuesto un instrumento de ascenso social: «Yo, un profesor mal vestido, pobre e ignorado, que me dedicaba a enseñar a estudiantes necios en una facultad de provincias, podía convertirme… en esto. Te aseguro que cualquiera se hubiera dedicado a esta investigación» (p.143). Nos recuerdan estas palabras al pastor Giges, que no dudó en sucumbir a la tentación de la invisibilidad para prosperar. Griffin, por otra parte, no tiene un talismán mágico que le abra las puertas del éxito ni disfruta de ningún privilegio social y tendrá que luchar, investigando, para construirse a sí mismo. Podemos observar aquí cierto paralelismo con la vida de Wells, quien, como explica uno de sus biógrafos, consiguió huir del que parecía su destino social gracias a su «feroz ética del trabajo».[19] El hombre que terminó sus días en una mansión de Regent's Park creció en una casa «infestada de insectos» donde la familia llevaba una existencia casi subterránea, como él mismo describe en su autobiografía.[20]

Michael Sherborne, *H. G. Wells: Another Kind of Life*, Londres, Peter Owen Publishers, 2013, p. 124.

19. Adam Roberts, *H. G. Wells: A Literary Life*, Palgrave McMillan, 2019, p. 5.

20. H. G. Wells, *Experiment in Autobiography*, *op. cit.*, p. 42.

Desligada de lo fantástico, la invisibilidad adopta connotaciones simbólicas como metáfora de estigmatización social. El aspecto aberrante de Griffin, cubierto de vendas y de improvisados accesorios para dotarse de forma humana, inspira extrañeza y temor en aquellos que lo rodean. La empatía que pueda llegar a generar en el lector no encuentra un reflejo en ningún personaje de la obra, pues su humanidad es «invisible» para los demás, que no alcanzan a ver más allá de su apariencia. Las especulaciones sobre su identidad que circulan en Iping delatan prejuicios diversos, incluidos los raciales, pues se piensa que las vendas ocultan una piel diferente: «Yo creo que es negro… Te digo que es tan negro como mi sombrero», o «Debe de ser una especie de mulato y el color le ha salido a trozos» (p. 50). Así las cosas, la reafirmación de su humanidad, reducida ya a *nuda vida*,[21] se convierte en la consigna de protesta personal de Griffin: «Soy un ser humano, sólido, que necesita comer y beber. Y también vestirse» (p. 84). Otro aspecto que de alguna manera redime a Griffin es que, a pesar del delirio que le lleva a proclamar su particular Reino del Terror, tiene la lucidez suficiente para percatarse de su error al aislarse del resto de los seres humanos: «¡Solo! ¡Es extraordinario lo poco que puede un hombre solo!» (p. 184). Es demasiado tarde para Griffin, que no superará su condición de proscrito, pero en estas palabras se aprecia una advertencia contra el individualismo, hecha desde el convencimiento que tenía Wells de la interdependencia humana y la necesidad de cooperación más allá de las diferencias y fronteras.

21. Término usado por el filósofo italiano Giorgio Agamben en su obra *Homo Sacer: El Poder Soberano y la Nuda Vida*, Valencia, Pre-Textos, 2016, para referirse a la vida humana cuando queda reducida a su condición puramente biológica.

Que esta obra haya sentado las bases para la metaforización de la invisibilidad como discriminación social probablemente se lo debemos a otra obra que vería la luz cinco décadas después en los principios del movimiento de los derechos civiles de los afroamericanos en Estados Unidos: *Hombre invisible* (1952), de Ralph Ellison. En las primeras líneas del Prólogo de esta novela encontramos la siguiente afirmación, convertida ya en una de las citas más memorables de la literatura norteamericana: «Soy un hombre real, de carne y hueso, con músculos y humores, e incluso podría afirmarse que tengo una mente. Soy invisible simplemente porque la gente se niega a verme».[22] A través de estas palabras, el personaje reclama que se reconozca la humanidad que comparte con sus congéneres, en lugar de ser percibido superficialmente como un estereotipo de un grupo social minorizado y sin derechos. Aunque Ellison parece distanciarse de la novela de Wells cuando su innominado protagonista añade «mi invisibilidad no se debe a una alteración bioquímica de mi piel», los ecos son perceptibles más allá del título.[23]

La preocupación por lo humano de Wells fue una constante a lo largo de su dilatada y prolífica carrera y constituye una parte

22. Ralph Ellison, *Hombre invisible*, Barcelona, Debolsillo, 2021.

23. La relación intertextual entre las novelas de Wells y Ellison es analizada por Michael Hardin en «Ralph Ellison's *Invisible Man*: Invisibility, Race, and Homoeroticism from Frederick Douglass to E. Lynn Harris», *Southern Literary Journal*, 37, 1, 2004. Véase también Phillip Ball, *op. cit.*, pp. 189-192. Es importante señalar que, en su título —*Invisible Man*—, Ellison optó por elidir el artículo determinado que sí aparece en el título de Wells —*The Invisible Man*—. Esta elisión del artículo le da un significado genérico al sustantivo y, en este caso, también una connotación metafórica, pues no designa a un hombre en particular, como Griffin, sino a las personas que son invisibles socialmente: no hay uno, sino muchos hombres invisibles.

esencial de su legado, que como veremos traspasa las fronteras de lo literario. La especial sensibilidad wellsiana hacia la fragilidad humana se expresó de forma antiutópica en sus primeras novelas, como se observa en *El hombre invisible*, donde tanto la relación del hombre con la ciencia como las relaciones sociales adolecen de falta de ética. Pero, en el nuevo siglo, Wells evolucionó hacia un optimismo reformista, embarcándose en la publicación de obras de corte sociológico, entre otras, como *Una utopía moderna* (1905), donde hace propuestas encaminadas a conseguir el bienestar y la justicia social. El estallido de una segunda guerra mundial reafirmó al escritor en sus convicciones sobre la necesidad de alcanzar un mundo mejor, y unas semanas después publicó en el periódico *The Times* una carta en defensa de los derechos humanos que sería el anticipo de su obra *The Rights of Man* (1940). Entre los derechos fundamentales propugnados por Wells están, por ejemplo, la alimentación, la vivienda, el trabajo, la cobertura sanitaria, la libertad de pensamiento y movimiento, o la inviolabilidad del espacio propio.[24] Siempre visionario y siempre relevante, Wells defiende también con vehemencia en este opúsculo la necesidad de liberar al ser humano del «miedo» a ser «robado, violado, golpeado o esclavizado».[25]

Si bien Wells ha pasado a la historia como el padre de la ciencia ficción moderna, era un hombre con un perfil único, que en la primera mitad del siglo XX gozó de enorme popularidad como intelectual en la escena pública internacional, y llegó a entrevistarse con los grandes estadistas del momento. Esta dimensión del

24. H.G. Wells, *The Rights of Man*, Nueva York, Vintage, 2017 (1940), pp. 8-9.

25. *Ibid.*, p. 45.

autor se ha revalorizado en los últimos tiempos y su obra *The Rights of Man* se considera precursora de la *Declaración Universal de los Derechos Humanos* (1948), proclamada dos años después de su muerte.[26] En su prólogo a la nueva edición de esta obra, la escritora escocesa Ali Smith, que tiene a *El hombre invisible* por su obra favorita de este autor, elogia el pensamiento humanístico de Wells, que también se anticipó al futuro en su clamor por la necesidad de garantizar los derechos básicos del ser humano.[27] Cabe señalar que otros fervientes admiradores de Wells han criticado su afán por trascender las fronteras literarias. George Orwell dijo sobre su maestro que «desde el año 1920 había desperdiciado su talento matando dragones de papel», al tiempo que reconocía que cualquier crítica a este escritor por parte de alguien de su generación constituía «una especie de parricidio» ya que nadie había influido en ellos más que Wells,[28] de cuya fuente bebieron las grandes novelas distópicas del siglo xx: *Nosotros* (1924), de Evgueni Zamiatin, *Un Mundo Feliz* (1932), de Aldous Huxley, o *1984*, del mismo Orwell (1949). Y por su parte, Borges, en uno de los párrafos iniciales de su panegírico, sentenció que «Wells (antes de resignarse a especulador sociológico) fue un admirable narrador».[29]

El hombre invisible, como *Frankenstein*, pertenece a un tipo de novelas que arraigan en el imaginario colectivo. A ello han contribuido las diferentes adaptaciones cinematográficas de las que ha sido objeto desde que en 1933 fue llevada a la pantalla por el pro-

26. John Partington, *op. cit.*, pp. 126-139.
27. Ali Smith, «What are We Fighting For?», *The Rights of Man*, p. xli.
28. George Orwell, «Wells, Hitler y el Estado Mundial», trad. de Inga Pellisa, *Ensayos*, Barcelona, Debolsillo, 2017, pp. 358, 357.
29. Jorge Luis Borges, *op. cit.*, p. 90.

ductor James Whale. Wells vio con buenos ojos que su novela se adaptara al cine y vendió los derechos a Universal Studios de Hollywood con la condición de poder influir sobre el guion. Ello no impidió que tuviese que aceptar determinados cambios que simplificaban su mensaje, como el hecho de que el deterioro psicológico de Griffin fuera efecto de una sustancia y no de su invisibilidad.[30] En su autobiografía, sin embargo, se refiere a esta producción como «excelente» y afirma que a ella se debe en gran medida que su novela se siga leyendo tanto como antes, llegando a aseverar incluso que «para muchos jóvenes hoy en día soy simplemente el autor de *El hombre invisible*».[31]

Era esperable que una mente visionaria como la de Wells fuera capaz de anticipar el poder que el medio audiovisual estaba destinado a ejercer sobre la memoria colectiva y que, recientemente, ha vuelto a poner el foco sobre este clásico a través de una nueva adaptación homónima dirigida por Leigh Whannell (2020). Celebrando la universalidad humana que él veía retratada en las fantasías wellsianas, Borges escribió que «la obra que perdura es siempre capaz de una infinita y plástica ambigüedad».[32] Estas palabras son especialmente relevantes en el caso de esta nueva adaptación, que evidencia la maleabilidad del clásico al situarlo en el ámbito de la violencia doméstica. El nuevo hombre invisible está encarnado por Adrian Griffin, un investigador y poderoso empresario líder en el campo de la óptica. Sintiéndose rechazado por su esposa, Cecilia, que lo abandona a causa de su carácter agresivo y controlador, Adrian finge su propia muerte y, pertrechado con un

30. Phillip Ball, *op. cit.*, p. 184.

31. H. G. Wells, *Experiment in Autobiography, op. cit.*, p. 561.

32. Jorge Luis Borges, *op. cit.*, p. 91.

traje invisibilizador que él mismo ha diseñado, se embarca en una campaña de literal acoso y derribo con el fin de destruirla. Una vez más, el concepto de la invisibilidad aparece vinculado a la villanía y al abuso de la ciencia, pero Adrian Griffin representa la figura del maltratador implacable y carece de la humanidad del personaje original. Es Cecilia la receptora de la empatía del espectador, que podrá ver en ella el paradigma de la mujer víctima de abusos: golpeada, vigilada, silenciada, incomprendida y presa de un continuo temor. Ella representa, parafraseando a Borges, la soledad y el terror de muchas personas.

En un sorprendente giro argumental, Cecilia asesina a Adrian con la impunidad que le otorga el traje que ella ha encontrado en el laboratorio del domicilio conyugal. Este desenlace, sin embargo, puede resultar un tanto inquietante, pues la nueva libertad que Cecilia ha encontrado esconde un antiguo dilema moral. El espectador, que en los últimos minutos de la cinta percibe el traje en el bolso de Cecilia, puede preguntarse, como el lector lo hace sobre Marvel y Kemp: ¿qué hará Cecilia con su prodigioso talismán? Y ¿qué harías tú, lector?

Lourdes López Ropero

El hombre invisible

1

La llegada del hombre misterioso

El forastero llegó a pie desde la estación de ferrocarril de Bramble-hurst cierto día invernal a primeros de febrero, abriéndose paso a través de un viento cortante y de una espesa nevada, la última del invierno. Llevaba, en su mano totalmente enguantada, un peque-ño maletín negro. Iba embozado desde la cabeza hasta los pies y el ala de su sombrero de fieltro ocultaba por completo su rostro, sin dejar al descubierto más que la reluciente punta de su nariz; la nieve se había amontonado sobre sus hombros y su pecho y for-maba una capa blanca en la parte superior del maletín. Entró tambaleándose y más muerto que vivo en la posada The Coach and Horses y dejó caer al suelo su carga.

—¡Por caridad! —exclamó—. ¡Una habitación y un fuego!

Golpeó el suelo con los pies, se sacudió la nieve junto al mos-trador del bar y siguió a la señora Hall hasta la sala de huéspedes para llegar a un acuerdo sobre los precios. Y sin más preámbulos que estos y un par de monedas de oro de una libra arrojadas sobre la mesa, se instaló en la posada.

La señora Hall encendió el fuego y le dejó solo mientras se disponía a prepararle la comida con sus propias manos. Un clien-te dispuesto a quedarse en Iping en invierno constituía una suerte inaudita, especialmente si este cliente no se ponía a regatear. Por lo tanto, la posadera estaba dispuesta a mostrarse digna de su buena fortuna. En cuanto el beicon empezó a estar hecho y hubo movido a trabajar a Millie, su flemática ayudante, valiéndose de unas cuantas y bien escogidas expresiones de desprecio, llevó el mantel, los platos y los vasos a la sala y comenzó a colocarlo todo con el mayor *éclat*. Le sorprendió ver que, aunque el fuego ardía alegremente, su cliente tenía puestos aún el sombrero y el abrigo y permanecía de espaldas a ella, contemplando a través de la ventana la nieve que caía en el patio. Mantenía unidas a su espalda las manos enguantadas y parecía sumido en profundos pensamientos. La señora Hall observó que la nieve derretida, que aún le cubría los hombros, goteaba sobre la alfombra.

—¿Puedo quitarle el sombrero y el abrigo, señor —dijo—, y darles un buen secado en la cocina?

—No —repuso él sin volverse.

No muy segura de haberle oído, se dispuso repetir su pregunta. Él volvió la cabeza y la miró por encima del hombro.

—Prefiero tenerlos puestos —dijo con énfasis.

La señora Hall vio que llevaba grandes gafas azules con cristales laterales y, por encima del cuello de su abrigo, espesas patillas que le cubrían por completo el rostro.

—Muy bien, señor —dijo—. Como guste. La habitación se calentará en seguida.

No recibió respuesta alguna, y el hombre apartó de nuevo la vista de ella. La señora Hall, comprendiendo que sus intentos de conversación estaban fuera de lugar, dejó el resto de las cosas sobre la mesa, rápida y bruscamente, y salió deprisa de la habitación. Cuando entró de nuevo, el hombre continuaba de pie en el mismo sitio como si fuera de piedra, con la espalda encorvada, el cuello del abrigo vuelto hacia arriba y la empapada ala de su sombrero escondiendo completamente su cara y sus orejas. La señora Hall colocó los huevos con beicon encima de la mesa con marcado énfasis y gritó, más que dijo:

—¡Su almuerzo está servido, señor!

—Gracias —repuso él sin hacer ningún movimiento hasta que la mujer hubo cerrado la puerta.

Entonces giró sobre sus talones y se acercó a la mesa con cierta avidez.

Cuando la señora Hall se dirigía a la cocina por detrás del mostrador, llegó hasta sus oídos un ruido repetido a intervalos regulares. Clac, clac, clac. Era el sonido de una cuchara batiendo rápidamente en un plato.

«¡Esa muchacha! —se dijo—. ¡Vaya! Se me había olvidado por completo. ¡Si no tardara tanto…!».

Y, mientras ella misma terminaba de mezclar la mostaza, reprendió verbalmente a Millie por su excesiva lentitud. Ella había cocinado el beicon y los huevos, había puesto la mesa y lo había hecho todo, mientras que Millie (¡vaya una ayuda!) no había conseguido más que retrasar la mostaza. ¡Y se trataba de un cliente que deseaba quedarse algún tiempo! Llenó el tarro de la mostaza y, colocándolo con dignidad en una bandeja de té dorada y negra, la llevó a la sala.

Golpeó la puerta con los nudillos y entró. Mientras tanto el huésped se movió con tanta rapidez, que ella apenas tuvo tiempo de ver un objeto blanco que desaparecía detrás de la mesa. Parecía como si estuviera recogiendo algo que se hubiera caído al suelo. La señora Hall puso con un golpe seco el tarro de mostaza en la mesa y observó que se había quitado el sombrero y el abrigo y los había dejado en una silla enfrente del fuego. Un par de botas mojadas amenazaban oxidar el guardafuegos de acero de su chimenea. Se acercó a estos objetos con decisión.

—Supongo que ahora puedo llevármelos para secarlos —dijo con un tono que no daba lugar a negativas.

—Deje el sombrero —repuso el huésped con voz amortiguada.

La señora Hall, volviéndose, vio que había levantado la cabeza y la estaba mirando.

Durante un instante le contempló demasiado sorprendida para hablar. Sostenía con una mano una tela blanca, una servilleta que había traído consigo, y se cubría con ella la parte inferior de la cara, de modo que su boca y sus mandíbulas quedaban completamente ocultas y esa era la razón de que su voz sonara apagada. Pero no fue esto lo que sobresaltó a la señora Hall, sino el hecho de que la parte de su frente que no ocupaban las gafas azules estaba cubierta por una venda blanca y que otra venda le cubría las orejas, por lo que ni un centímetro de su rostro era visible excepto su nariz rosada y puntiaguda. Era de un rosa brillante y fuerte, y se mantenía inalterable desde el momento en que el hombre entrara en la posada. Vestía una chaqueta de terciopelo de un oscuro color pardo y un acartonado cuello de hilo, completamente vuelto hacia arriba. Su espeso cabello negro, que escapaba como podía por debajo y a través de los vendajes formando extraños rabos y cuernos, le daba la apariencia más fantástica que se pudiera concebir. Aquella cabeza vendada y escondida era algo tan distinto de lo que la señora Hall había imaginado, que durante un momento permaneció rígida e inmóvil.

El hombre mantuvo la servilleta en la misma posición, sosteniéndola con la mano enfundada en un guante marrón y sin dejar de mirarla con sus inescrutables e impersonales gafas azules.

—Deje el sombrero —repitió, hablando con gran claridad a través de la tela blanca.

Los nervios de la señora Hall comenzaron a reponerse del trastorno sufrido. Colocó de nuevo el sombrero en la silla.

—Yo no sabía, señor —comenzó a decir—, que…

Se calló, turbada.

—Gracias —dijo él secamente, trasladando la mirada de la mujer a la puerta y de nuevo a la mujer.

—Haré que se lo sequen en seguida, señor —dijo la posadera mientras sacaba la ropa de la habitación.

Echó una última mirada a su cabeza vendada de blanco y a las inexcrutables gafas al atravesar la puerta, pero la servilleta seguía cubriéndole el rostro. Se estremeció ligeramente al cerrar la puerta tras de sí y su cara expresó con claridad su perplejidad y sorpresa.

—¡Vaya! —susurró.

Se dirigió sin hacer ruido a la cocina y, cuando llegó allí, estaba demasiado preocupada como para pensar en preguntarle a Millie qué era lo que estaba haciendo ahora.

El huésped permaneció sentado un momento escuchando sus pisadas y echó una mirada interrogativa a la ventana antes de quitarse la servilleta y reanudar su comida. Tomó una cucharada, lanzó una nueva mirada desconfiada a la ventana y tomó otra cucharada; entonces se levantó y, con la servilleta en la mano, atravesó la habitación y bajó la persiana hasta la altura de la muselina blanca que cubría los paneles inferiores. Esto sumió a la habitación en una semipenumbra. Entonces volvió con aire más tranquilizado a la mesa y a su comida.

—El pobrecillo ha sufrido un accidente, una operación o algo parecido —dijo la señora Hall—. ¡Vaya susto que me han dado los vendajes!

Echó más carbón al fuego, abrió un tendedero plegable y extendió sobre él el abrigo del viajero.

—¡Y esas gafas! ¡Parece más bien un casco de buzo que un hombre de carne y hueso! —Colgó la bufanda en una esquina del tendedero—. ¡Y todo el tiempo con el pañuelo encima de la boca! ¡Hablando a través de él…! Quizá esté también herido en la boca… Es posible.

De pronto giró rápidamente, como quien se acuerda de algo.

—¡Válgame Dios! —dijo, cambiando de tema—. ¿No has hecho las patatas todavía, Millie?

Cuando la señora Hall entró para retirar el servicio del almuerzo del forastero, se afianzó en su idea de que debía de tener la boca desfigurada o herida a causa del accidente que suponía había sufrido, porque estaba fumando en pipa y, durante el tiempo que ella permaneció en la habitación, no soltó un pañuelo de seda con el que había envuelto la parte inferior de su rostro, ni siquiera para meterse la pipa en la boca. No se trataba de un olvido, porque la señora Hall vio que contemplaba el tabaco que se iba consumiendo. Estaba sentado en el rincón, de espaldas a la ventana, y, ahora que había comido y bebido y se había calentado, habló con menos agresividad que antes. El reflejo del fuego prestaba cierta animación rojiza a sus grandes gafas.

—Tengo algo de equipaje —dijo— en la estación de Bramblehurst.

Le preguntó de qué modo podría hacérselo llevar y, para agradecer la explicación de la señora Hall, inclinó cortésmente su cabeza vendada.

—¿Mañana? —dijo—. ¿No podría llegar antes?

Pareció decepcionado cuando ella respondió que no. ¿Estaba

completamente segura? ¿No había ningún hombre que pudiera ir a buscarlo con un carro?

La señora Hall respondió con mucho gusto a sus preguntas y en seguida amplió el tema de conversación.

—El camino de la cuesta es muy empinado, señor —dijo en respuesta a su última pregunta, y después, aprovechando la oportunidad, añadió—: Allí fue donde volcó un coche hace poco más de un año. Se mató un señor, junto con su cochero. Un accidente, señor, puede ocurrir en cualquier momento, ¿no es cierto?

Pero el forastero no mordía el anzuelo tan fácilmente.

—Así es —dijo a través del pañuelo de seda, contemplando en silencio a la posadera desde detrás de sus inescrutables gafas.

—Y tarda uno mucho tiempo en reponerse, ¿no es cierto? Por ejemplo, mire lo que le ocurrió a Tom, el hijo de mi hermana. Se cortó el brazo al caerse en la era llevando una hoz en la mano. ¡Válgame Dios! Estuvo tres meses vendado. No sé si lo creerá usted. Desde entonces, las hoces me dan un miedo espantoso.

—Lo comprendo perfectamente —dijo el huésped.

—Teníamos miedo de que hubiera que operarle; tan malo estaba, señor.

El forastero se echó a reír de repente, con una risa semejante a un ladrido que él pareció morder y matar dentro de su boca.

—¿Sí? —dijo.

—Sí, señor. Y no era cosa de risa para los que nos ocupábamos de él, como yo, porque mi hermana estaba atareada con los pequeños. Había que quitarle y ponerle las vendas, señor. De modo que, si me permite el atrevimiento de decirlo, señor…

—¿Quiere traerme unas cerillas? —dijo el forastero con brusquedad—. Se me ha apagado la pipa.

La señora Hall dio un respingo. Después de todo lo que le había contado, el hombre se mostraba verdaderamente grosero. Le miró con la boca abierta durante un momento, y después recordó las dos monedas de oro. Fue a buscar las cerillas.

—Gracias —dijo su huésped lacónicamente cuando se las entregó.

Después le volvió la espalda y comenzó a mirar una vez más por la ventana. Aquello era muy desalentador. Era evidente que le molestaba que le hablaran de operaciones y vendajes. La señora Hall, sin embargo, no «tuvo el atrevimiento de decir» nada. Pero sus desplantes la habían irritado y Millie fue quien sufrió las consecuencias aquella tarde.

El forastero estuvo en la sala de huéspedes hasta las cuatro sin que la posadera encontrara ninguna excusa para interrumpirle. Durante casi todo ese tiempo, permaneció inmóvil. Debía de estar sentado en la creciente oscuridad, fumando junto al fuego. Dormitando, quizá.

Una o dos veces se le pudo oír manejar los trozos de carbón y, por espacio de cinco minutos, recorrió de un lado a otro la habitación. Parecía hablar consigo mismo. Después, la butaca crujió bajo el peso de su cuerpo al sentarse de nuevo.

2

Las primeras impresiones del señor Teddy Henfrey

A las cuatro de la tarde, cuando estaba ya relativamente oscuro y la señora Hall hacía acopio de valor para entrar en la habitación y preguntar a su huésped si deseaba tomar una taza de té, Teddy Henfrey, el ajustador de relojes, entró en el bar.

—¡Vaya tiempo, señora Hall! —dijo—. No es el más adecuado para andar por ahí con estas botas tan ligeras.

En el exterior, la nevada arreciaba.

La señora Hall se mostró de acuerdo con él y entonces observó que había traído consigo su maletín.

—Ya que está usted aquí, señor Teddy —dijo—, le agradecería que echara una mirada al reloj de la sala de huéspedes. Anda muy bien y da las campanadas cuando debe y con ganas, pero la manecilla de las horas no se mueve de las seis.

Y, adelantándose, se dirigió a la puerta de la sala de huéspedes, llamó con los nudillos y entró.

Al abrir la puerta, vio que su huésped estaba sentado en una butaca delante del fuego, dormido al parecer, y con la cabeza inclinada hacia un lado. La única luz que iluminaba la habitación provenía del fulgor rojizo del fuego —que le encendía los ojos como señales de tren contrarias, pero dejaba en la oscuridad su rostro cabizbajo— y de los tenues vestigios del día que entraban por la puerta abierta. A la señora Hall todo le parecía rojizo, sombrío e indistinto. Además, acababa de encender la luz del bar y sus ojos estaban deslumbrados. Pero, por un segundo, le pareció que el hombre aquel tenía abierta una inmensa boca, una enorme e increíble boca que abarcaba toda la parte inferior de su rostro. Fue la impresión de un segundo: vio la cabeza vendada de blanco, las gafas monstruosas y, debajo de ellas, aquel inmenso bostezo. En seguida el hombre se removió, se irguió en la butaca y levantó una mano. Ella abrió la puerta de par en par para que entrara más luz en la habitación y entonces le vio con claridad. Tenía el pañuelo de seda en la cara tal como había colocado la servilleta anteriormente. La señora Hall se dijo que seguramente las sombras la habían engañado.

—¿Le importa, señor, que venga este hombre a mirar el reloj? —dijo, reponiéndose de su momentáneo sobresalto.

—¿Mirar el reloj? —repitió él, lanzando una mirada soñolienta alrededor y hablando por encima de la mano. Después, despertándose del todo, añadió—: Por supuesto.

La señora Hall fue a buscar una bujía y él se levantó y bostezó. Al fin llegó la luz y, al entrar el señor Teddy Henfrey, se vio frente a aquel personaje vendado. Más tarde dijo que quedó aturdido.

—Buenas tardes —dijo el forastero, mirándole fijamente como una langosta, tal como dice el señor Henfrey, al que impresionaron vivamente las gafas oscuras.

—Espero —dijo el señor Henfrey— que esto no sea una molestia.

—De ningún modo —repuso el forastero—. Aunque, según tengo entendido —añadió volviéndose hacia la señora Hall—, esta habitación está destinada a mi uso personal.

—Yo pensé, señor —explicó la señora Hall—, que usted preferiría que el reloj…

—Desde luego —dijo el forastero—. Desde luego. Pero, por norma general, prefiero estar solo y que no me molesten. Pero de verdad me alegro de que se ocupen del reloj —añadió, notando cierta indecisión en la actitud del señor Henfrey—. Me alegra mucho.

El señor Henfrey iba a pedir disculpas y a retirarse, pero esta anticipación le tranquilizó. El forastero se volvió de espaldas a la chimenea y se puso las manos a la espalda.

—Y dentro de un momento —prosiguió—, cuando esté concluido el arreglo del reloj, quisiera tomar una taza de té. Pero esperaré a que esté arreglado el reloj.

La señora Hall se disponía a abandonar la habitación (esta vez no hizo ningún intento de conversación, pues no deseaba que la desairasen delante del señor Henfrey), pero su huésped le preguntó si se había ocupado del equipaje que tenía en Bramblehurst. Ella respondió que había hablado del asunto con el cartero y que el mandadero lo llevaría por la mañana.

—¿Está segura de que no puede llegar antes? —preguntó él.

La señora Hall repuso, con marcada frialdad, que estaba segura.

—Debo explicar —añadió el huésped— algo que no dije antes por tener demasiado frío y cansancio. Soy un investigador experimental.

—¡Oh, señor! —exclamó la posadera, profundamente impresionada.

—Y mi equipaje contiene aparatos e instrumentos.

—Cosas muy útiles, señor —repuso la señora Hall.

—Y, naturalmente, estoy ansioso por proseguir con mis experimentos.

—Naturalmente, señor.

—Si he venido a Iping —prosiguió con cierta cautela— ha sido en busca de soledad. No deseo ser molestado en mi trabajo. Además de mi trabajo, un accidente…

—Eso pensé —dijo la señora Hall.

—… me obliga a cierto retraimiento. A veces mis ojos están tan débiles y doloridos que tengo que encerrarme en la oscuridad durante horas…, encerrarme con llave. Algunas veces…, de vez en cuando. Pero no por el momento. En tales ocasiones, la menor interrupción, la entrada de una persona en el cuarto, resulta extremadamente penosa para mí… Deseo que esto quede bien entendido.

—Ciertamente, señor —dijo la señora Hall—. Y, si me permite el atrevimiento de preguntar, señor…

—Creo que eso es todo —interrumpió el forastero con el irresistible aire de autoridad que sabía adoptar a voluntad.

La señora Hall reservó su pregunta y su compasión para otra oportunidad.

Cuando la mujer hubo abandonado la estancia, el forastero permaneció en pie junto a la chimenea, contemplando iracundo (al menos eso dice el señor Henfrey) el arreglo del reloj. El señor Henfrey no solo desmontó las manecillas del reloj y la esfera, sino que también extrajo el mecanismo, tratando de trabajar de la manera más lenta, silenciosa y modesta que le era posible. Trabajaba manteniendo la lámpara junto a él y la pantalla verde arrojaba una brillante luz sobre sus manos, así como sobre la caja del reloj y los engranajes, dejando en tinieblas el resto de la habitación. Al levantar la vista brillaban ante sus ojos motas de colores. Como se trataba de un hombre curioso por naturaleza, había desarmado el mecanismo (cosa completamente innecesaria) con la idea de retrasar el momento de irse y entablar conversación con el forastero. Pero este permanecía completamente silencioso e inmóvil. Tan inmóvil, que el señor Henfrey comenzó a sentirse algo nervioso. Era como si estuviera solo en la habitación, pero, al levantar los ojos, veía, gris y confusa, la vendada cabeza y las inmensas lentes oscuras mirándole fijamente mientras, frente a él, bailaba una niebla de manchas verdes. Era todo ello tan extraño para Henfrey que, durante un minuto, los dos se quedaron mirándose fijamente uno al otro. Después Henfrey bajó de nuevo la vista. ¡Una situación verdaderamente molesta! Le hubiera gustado decir algo. ¿Comentaría que hacía mucho frío para la época del año en que se hallaban? Levantó la vista, como si quisiera afianzar la puntería para lanzar el primer disparo.

—El tiempo… —comenzó.

—¿Por qué no termina su trabajo y se marcha? —dijo la rígida figura, que, evidentemente, se hallaba sumida en una cólera a duras penas dominada—. No tiene que hacer más que fijar la manecilla en su eje. Lo demás sobra.

—Sí, señor. Solo un minuto. Se me pasó por alto…

Y el señor Henfrey terminó su trabajo y se fue.

Pero salió sintiéndose profundamente irritado.

«¡Maldita sea! —dijo el señor Henfrey para sí mientras atravesaba con dificultad el pueblo a través de la nieve que se derretía—. Se necesita tiempo para arreglar un reloj».

Y a continuación: «¿Acaso es un delito mirarle?».

Y más adelante: «Por lo visto, sí. Si la policía le buscara, no podría estar más vendado y disfrazado».

En la esquina de Gleeson vio a Hall, que se había casado recientemente con la posadera de The Coach and Horses y que conducía el ómnibus de Iping, cuando era necesario, hasta el cruce de Sidderbridge. Era obvio que, ahora venía de allí. Y estaba claro que había «parado un ratito» en Sidderbridge, a juzgar por su manera de conducir.

—¡Hola, Teddy! —dijo al pasar.

—¡Tenéis un chiflado en casa! —dijo Teddy.

Hall, muy sociablemente, se detuvo.

—¿Qué dices? —preguntó.

—En The Coach and Horses está parando un huésped bastante misterioso —explicó Teddy—. ¡Por mi vida!

A continuación procedió a darle a Hall una vívida descripción del grotesco cliente de su mujer.

—¿No es cierto que parece un disfraz? Si yo tuviera un hombre viviendo en mi casa, me gustaría verle la cara —dijo Henfrey—, pero las mujeres son así de confiadas en lo que a extraños se refiere. Ha tomado una habitación y ni siquiera ha dado su nombre.

—¿Es posible? —dijo Hall, que era un hombre de comprensión lenta.

—Sí —repuso Teddy—. Paga por semanas. No podrás librarte de él antes de que pase una semana, y va a recibir mucho equipaje, según dice. Esperemos que no se trate de maletas llenas de piedras, Hall.

Le contó entonces a Hall la historia de una tía suya de Hastings a la que había estafado un forastero que llevaba las maletas vacías. Al final, consiguió que Hall se sintiera profundamente preocupado.

—¡Vamos! —le dijo a su yegua—. Supongo que tendré que ocuparme de todo esto.

Teddy prosiguió su camino sintiéndose considerablemente aliviado. En lugar de «ocuparse de ello», a su vuelta, Hall fue reprendido con severidad por su mujer por el tiempo que había permanecido en Sidderbridge y sus tímidas preguntas fueron contestadas de un modo cortante. Pero a pesar de eso, las raíces de las sospechas que Teddy había plantado germinaron en la mente del señor Hall.

—Vosotras las mujeres no sabéis nada —dijo, resuelto a averiguar algo sobre la personalidad de su huésped en la primera oportunidad.

Y, cuando el forastero se hubo acostado, lo que hizo a eso de las nueve y media, el señor Hall entró de un modo agresivo en la sala, contempló con dureza el mobiliario de su mujer y estudió despreciativamente una hoja de cálculos matemáticos que había quedado abandonada para demostrar que era él quien mandaba allí y no el forastero. Cuando se disponía a retirarse para dormir, aconsejó a la señora Hall que examinara el equipaje del forastero cuando llegara al día siguiente.

—Tú ocúpate de tus asuntos, Hall —dijo su esposa—, y yo me ocuparé de los míos.

Se sentía inclinada a contradecir a su marido porque no cabía duda de que el forastero era un hombre extraño y ella de ningún modo las tenía todas consigo. A medianoche, se despertó soñando con cabezas blancas e inmensas, semejantes a gigantescos nabos, que oscilaban sobre cuellos interminables y tenían profundos ojos negros. Pero como era una mujer sensata, dominó sus temores, se dio la vuelta y se durmió de nuevo.

3

Las mil y una botellas

De este modo, el 29 de febrero, al comienzo del deshielo, este hombre singular cayó del infinito en medio del pueblo de Iping. Al día siguiente, le llevaron su equipaje a través de la nieve fangosa. Un equipaje que, ciertamente, se salía de lo normal. Había un par de baúles, como podría poseer cualquier hombre corriente, pero además había una caja de libros, gruesos y enormes, algunos de los cuales estaban escritos a mano en una letra incomprensible, y una docena o más de cajas, abiertas y cerradas, que contenían objetos embalados con paja. «Botellas de cristal», pensó Hall, que hurgaba en la paja con curiosidad. El forastero, envuelto en su sombrero, abrigo, guantes y bufanda, salió con impaciencia al encuentro del carro de Fearenside mientras Hall cruzaba con él una o dos palabras de comadreo y se disponía a ayudarle a trasladar todo al interior. Salió a la calle sin fijarse en el perro de Fearenside, que se dedicaba a olfatear con espíritu de *dilettante* las piernas de Hall.

—Vamos, entre esas cajas —dijo—. Ya he esperado bastante.

Bajó los escalones y se dirigió a la parte trasera del carro, haciendo ademán de coger la más pequeña de las cajas.

Pero en cuanto el perro de Fearenside le echó la vista encima, comenzó a agitarse nervioso y a emitir gruñidos de cólera. Cuando bajó los escalones, dio un salto y se arrojó directamente contra su mano.

—¡Oh! —exclamó Hall, que no era ningún héroe.

—¡Quieto! —gritó Fearenside echando mano a su látigo.

Vieron que los dientes del perro habían soltado la mano del hombre, oyeron un puntapié y vieron entonces que el perro ejecutaba un salto hacia un lado y mordía la pierna del forastero. Oyeron claramente el desgarrarse de la tela. Entonces el extremo del látigo de Fearenside le alcanzó y el animal se ocultó gimoteando bajo las ruedas del carro. Todo ello tuvo lugar en un minuto. Nadie habló. Todos gritaban.

El forastero lanzó una rápida mirada a su guante roto y después a su pierna. Hizo un movimiento como para agacharse a tocársela, pero, inmediatamente, se dio la vuelta, subió corriendo los escalones y entró en la posada. Le oyeron atravesar apresuradamente el vestíbulo y subir las escaleras sin alfombra que conducían a su dormitorio.

—¡Bruto! —gritó Fearenside saltando del carro con el látigo en la mano mientras el perro le contemplaba desde el otro lado de la rueda—. ¡Ven aquí…! ¡Más te vale obedecer!

Hall había permanecido de pie con la boca abierta.

—Le ha mordido —dijo—. Creo que lo mejor será que vaya a atenderle.

Subió a buen paso detrás del forastero y tropezó con la señora Hall en el vestíbulo.

—Le ha mordido el perro del mandadero —explicó.

Fue directamente al piso de arriba y, al hallar la puerta entreabierta, la empujó y entró sin ceremonias, por ser de naturaleza compasiva.

Las persianas estaban bajadas y la habitación se hallaba sumida en la oscuridad. Se imaginó ver la cosa más extraña, lo que le pareció un brazo sin mano que señalaba en su dirección y una cara compuesta de tres inmensas e indefinidas manchas blancas que parecía una gigantesca flor de pensamiento. A continuación, algo le golpeó violentamente en el pecho y le empujó hacia atrás, la puerta se cerró en sus narices y Hall sintió que echaban la llave. Fue todo tan rápido que no tuvo tiempo de observar con claridad. Un movimiento de formas indescifrables, un golpe y una sacudida. Permaneció de pie en el oscuro descansillo, preguntándose qué podría ser lo que había visto.

Un par de minutos después se reunió con el pequeño grupo que se había formado a la entrada de The Coach and Horses. Fearenside estaba relatando el incidente por segunda vez; la señora Hall le decía que su perro no tenía por qué morder a los huéspedes de la posada; Huxter, el tendero de enfrente, se mostraba curioso; Sandy Wadgers, el herrero, conciliatorio. Había también mujeres y niños, todos ellos hablando al mismo tiempo: «¡Cualquier día me morderá a mí!». «No hay derecho a tener semejante perro». «¿Por qué le mordió?». Y así sucesivamente.

Al señor Hall, que miraba y escuchaba desde los escalones de la entrada, le pareció increíble que algo tan extraordinario hubiera ocurrido en el piso de arriba. Además, su vocabulario era demasiado limitado para dar forma concreta a sus impresiones.

—No necesita ayuda —dijo en contestación a las preguntas de su mujer—. Más vale que empecemos a entrar el equipaje.

—Habría que desinfectarle la herida en seguida —dijo el señor Huxter—, sobre todo si se le ha inflamado.

—Si el perro fuera mío, le pegaría un tiro —dijo una mujer del grupo. De pronto, el animal comenzó a gruñir de nuevo.

—¡Vamos! —exclamó una voz colérica desde el umbral, y allí estaba el forastero embozado, con el cuello levantado y el ala del sombrero doblada hacia abajo—. Cuanto antes descarguen mi equipaje, más complacido estaré.

Un anónimo espectador observó que se había cambiado los pantalones y los guantes.

—¿Está herido, señor? —dijo Fearenside—. Lamento que el perro...

—En absoluto —respondió el forastero—. Fue un rasguño superficial. Dense prisa con esas cosas.

Según asegura el señor Hall, a continuación profirió un juramento a media voz.

En cuanto llevaron la primera caja a la sala, según sus instrucciones, el forastero se arrojó sobre ella con extraordinaria avidez y comenzó a vaciarla, esparciendo la paja por el suelo sin tener en cuenta la alfombra de la señora Hall. De ella empezó a extraer botellas. Pequeñas y gruesas botellas que contenían polvos; botellas esterilizadas con líquidos blancos y de colores; botellas estriadas, azules, con una etiqueta que decía VENENO; botellas de cuello estrecho; botellas grandes y verdes; botellas de cristal blanco; botellas con tapones de cristal y etiquetas rosadas; botellas con corcho; botellas con tapón de madera; botellas de vino; botellas de aceite y vinagre. Las colocó en fila sobre la cómoda, sobre la chimenea, sobre la mesa que había bajo la ventana, en el suelo, en la estantería..., en todas partes. La farmacia de Bramblehurst no tenía tantas botellas. Era todo un espectáculo. Caja tras caja, estaban llenas de botellas. Al fin, las seis cajas estuvieron vacías y la mesa quedó cubierta de paja. Las únicas cosas que surgieron de ellas, además de las botellas, fueron unos cuantos tubos de ensayo y una balanza cuidadosamente embalada.

Una vez que hubo concluido de desempaquetar, el forastero se acercó a la ventana y comenzó a trabajar sin preocuparse en absoluto por la paja esparcida, por la chimenea medio apagada, por la caja de libros que quedó en el vestíbulo, ni por los baúles y demás equipaje que le habían subido a su habitación.

Cuando la señora Hall le llevó la comida estaba tan absorto en su trabajo, echando gotas del contenido de las botellas en los tubos de ensayo, que no la oyó hasta que se hubo llevado la mayor parte de la paja y colocó la bandeja en la mesa con cierta brusquedad, quizá, al observar el estado en que se hallaba el suelo. Solo entonces volvió a medias la cabeza y la desvió de inmediato a su posición anterior. Pero ella vio que se había quitado las gafas y le pareció que las cuencas de sus ojos estaban extraordinariamente hundidas. El forastero se puso de nuevo las gafas y después se volvió para mirarla. La mujer se disponía a protestar por la paja desparramada, cuando él se le adelantó.

—Le agradecería que no entrara sin llamar —dijo con el tono de exaltada exasperación que le era peculiar.

—He llamado; pero por lo visto…

—Es posible, pero en mis investigaciones…, mis urgentes y necesarias investigaciones, la más ligera distracción, el sonido de una puerta… Debo rogarle…

—Desde luego, señor. Puede encerrarse con llave si lo desea y cuando lo desee.

—Buena idea —dijo el forastero.

—En cuanto a esta paja, señor, me atrevería a rogarle…

—No lo haga. Si la paja le molesta, cárguemelo en la cuenta.

Y, mirándola, pronunció unas palabras que a la señora Hall le sonaron como una imprecación.

Ofrecía un aspecto tan extraño, tan agresivo, de pie con una botella en una mano y un tubo de ensayo en la otra, que la posadera se sintió algo alarmada. Pero era una mujer decidida.

—En ese caso, señor, desearía saber lo que usted considera…

—Un chelín. Anote un chelín. Creo que eso será suficiente.

—Está bien —dijo la señora Hall, cogiendo el mantel y extendiéndolo sobre la mesa—. Si usted está contento, naturalmente…

Él giró sobre sus talones y se sentó dándole la espalda.

Durante toda la tarde trabajó con la puerta cerrada con llave y, según la señora Hall, en silencio casi todo el tiempo. Pero en un momento dado, se oyó un golpe y el sonido de varias botellas al chocar entre sí, como si hubieran golpeado la mesa, y una botella al romperse violentamente contra el suelo. Después se oyeron unas pisadas rápidas que atravesaban la habitación de un lado a otro. Temiendo que algo hubiera sucedido, se acercó a la puerta y se puso a escuchar sin atreverse a llamar.

—¡No puedo continuar! —le oyó decir—. ¡No puedo continuar! ¡Trescientos mil, cuatrocientos mil! ¡Una multitud! ¡Engañado! ¡Puedo tardar toda la vida! ¡Paciencia, en verdad…! ¡Idiota! ¡Idiota…!

En aquel momento la señora Hall oyó ruido de botas claveteadas que golpeaban en los ladrillos del bar y, de muy mala gana, tuvo que resignarse a perderse el resto del soliloquio. Cuando volvió, todo estaba de nuevo en silencio, interrumpido sólamente por el crujido de la silla y, de vez en cuando, el tintineo de una botella. El monólogo había terminado. El forastero seguía con su trabajo.

Cuando le llevó el té vio algunos pedazos de cristal en una esquina de la habitación, bajo el espejo cóncavo, y una mancha dorada que había sido cuidadosamente restregada. En seguida mencionó el asunto a su huésped.

—Póngalo en la cuenta —dijo con brusquedad el forastero—. ¡Por el amor de Dios, no me distraiga! Si le ocasiono algún perjuicio, póngalo en la cuenta.

Y, con estas palabras, dio por terminada la conversación y se puso a comprobar una lista en el cuaderno que tenía delante.

—Voy a decirte una cosa —dijo Fearenside confidencialmente.

Era la hora del crepúsculo y estaban en la pequeña cervecería de Iping Hanger.

—¿De qué se trata? —preguntó Teddy Henfrey.

—Ese individuo del que me estás hablando, al que mordió el perro… Yo creo que es negro. O por lo menos sus piernas son negras. Vi lo que había debajo del desgarrón de sus guantes y sus pantalones. Lo lógico es que se hubiera visto algo de color rosado, ¿no es cierto? Pero no fue así. Todo era negro. Te digo que es tan negro como mi sombrero.

—¡Santo cielo! —dijo Henfrey—. Todo esto es muy extraño. ¡Su nariz es de un color rosa tan brillante que parece pintada!

—Es cierto —repuso Fearenside—. Eso ya lo sé. Y te diré lo que estoy pensando. Ese hombre es de varios colores, Teddy. Negro por un lado y blanco por el otro… a manchas. Y se avergüenza de ello. Debe de ser una especie de mulato y el color le ha salido a trozos en lugar de asimilarse el uno en el otro. He oído de algún caso semejante. Y, como todos sabemos, es lo que les ocurre a los caballos.

4

El señor Cuss se entrevista con el forastero

He relatado las circunstancias de la llegada del forastero a Iping con cierta riqueza de detalles a fin de que el lector comprenda la curiosa impresión que su llegada produjo. Pero, salvo dos incidentes extraños, las circunstancias de su estancia hasta el extraordinario día del festival del club pueden pasarse por alto. Tuvieron lugar una serie de escaramuzas con la señora Hall en asuntos referentes a la disciplina doméstica, pero, en todos los casos, hasta fines de abril, cuando comenzaron a hacerse evidentes las primeras señales de penuria, el forastero la hizo callar valiéndose del sencillo método de darle dinero extra. A Hall no le resultaba simpático y, cuando se atrevía, hablaba de la conveniencia de librarse de él. Pero hacía patente su disgusto ocultándolo ostentosamente y evitando encontrarse con su huésped siempre que le era posible.

—Espera a que llegue el verano —decía con prudencia la señora Hall—, cuando empiecen a venir los artistas. Entonces ya veremos. Es posible que sea un poco fastidioso, pero las facturas que se pagan con puntualidad son facturas pagadas con puntualidad, digas tú lo que digas.

El forastero no iba a la iglesia y no hacía diferencias entre los domingos y los días de trabajo. Ni siquiera se cambiaba de traje.

Trabajaba, como decía la señora Hall, a capricho. Algunos días bajaba temprano y permanecía ocupado todo el tiempo. Otras veces se levantaba tarde, recorría su habitación hablando en voz alta durante horas enteras y fumaba o dormitaba en la butaca junto al fuego. No tenía comunicación alguna con el mundo que quedaba más allá del pueblo. Su carácter seguía siendo muy variable. Generalmente, su actitud era la de un hombre que soporta una provocación insoportable y, una o dos veces, desgarró, rompió o arrojó al suelo los objetos en espasmódicos ataques de violencia. Parecía sufrir una irritación crónica de tremenda intensidad. Se fue acostumbrando más y más a hablar él solo en voz baja, pero, aunque la señora Hall le escuchaba concienzudamente, no conseguía comprender nada de lo que llegaba a sus oídos.

Raras veces salía a la calle durante el día, pero al anochecer lo hacía cubierto de pies a cabeza, hiciera frío o no, y escogía los caminos más solitarios y aquellos que estuvieran más sumidos en sombras de árboles y edificios. Sus inmensas gafas y el rostro fantasmagórico y vendado que aparecía por debajo del ala de su sombrero surgían de la oscuridad e impresionaban desagradablemente a los trabajadores que volvían a sus casas. Teddy Henfrey, que salía una noche tambaleándose de la taberna The Scarlett Coat a las nueve y media, se sintió aterrorizado al ver la cabeza parecida a una calavera del forastero (que andaba con el sombrero en la mano), iluminada repentinamente por el rayo de luz que salía por la puerta de la taberna. Los niños que se tropezaban con él en la oscuridad soñaban después con fantasmas, y no podía decirse si él odiaba a los niños más que ellos a él, o viceversa. Lo cierto es que existía un marcado aborrecimiento por ambas partes.

Era inevitable que una persona de apariencia tan singular fuera el tópico más frecuente de las conversaciones en un pueblo como Iping. La opinión se mostraba dividida respecto a sus posibles ocupaciones. La señora Hall parecía muy susceptible a este respecto. Si se la interrogaba, respondía que su huésped era un «investigador experimental», pronunciando con cuidado las sílabas, como quien tiene miedo de caer en una trampa. Si le preguntaban qué significaba ser investigador experimental, respondía con tono de superioridad que la gente educada sabía perfectamente lo que aquello quería decir y, a continuación, procedía a explicar que el forastero «descubría cosas».

Añadía que su huésped había sufrido un accidente que le había descolorido las manos y la cara, y que, por ser su naturaleza muy sensible, no deseaba que la gente lo advirtiera.

Pero en los círculos donde ella no estaba presente, la mayoría opinaba que se trataba de un criminal que intentaba escapar de la justicia embozándose por completo para pasar inadvertido ante la policía. Esta idea surgió del cerebro del señor Teddy Henfrey. No se sabía que hubiera ocurrido ningún crimen de importancia desde mediados o fines de febrero. Otra teoría, elaborada en la imaginación del señor Gould, el ayudante a prueba de la Escuela Nacional, daba a entender que el forastero era un anarquista disfrazado que preparaba explosivos, por lo que el señor Gould resolvió dedicarse a investigar la cosa si su tiempo libre se lo permitía. Estas investigaciones consistieron la mayor parte de las veces en mirar fijamente al forastero cada vez que se tropezaba con él y en hacer preguntas sobre él a personas que nunca le habían visto. Pero no consiguió descubrir nada.

Otro grupo opinaba como el señor Fearenside, aceptando su teoría de que el forastero tenía el cuerpo a manchas, u otra similar con ligeras modificaciones. Por ejemplo, se oyó asegurar a Silas Durgan que, «si se exhibiera en las ferias, haría una fortuna en poco tiempo», y, como era un poco teólogo, comparó al desconocido con el hombre que recibió un solo talento. Otro grupo consideraba al forastero un loco inofensivo. Esto ofrecía la ventaja de que lo explicaba todo.

Entre estos grupos principales había también indecisos y otros que sostenían que aquel personaje misterioso tenía de todo un poco. La gente de Sussex no es muy supersticiosa y, hasta que ocurrieron los acontecimientos de los primeros días de abril, no se creyó en el pueblo que en todo aquello hubiera nada de sobrenatural. E, incluso entonces, solo las mujeres del lugar dieron crédito a una cosa así.

Pero, pensaran lo que pensaran de él, en conjunto los habitantes de Iping estaban de acuerdo en su antipatía hacia el forastero. Su irritabilidad, aunque quizá era comprensible para un intelectual de la ciudad, resultaba extraordinaria para aquellos tranquilos habitantes de un pueblo de Sussex. Los gestos frenéticos que sorprendían de vez en cuando, los paseos al anochecer, cuando surgía junto a ellos de rincones escondidos, la despiadada oposición a toda tentativa de curiosidad, la preferencia por la media luz que le inducía a cerrar puertas, bajar persianas y suprimir velas y lámparas… ¿Quién podía comprender todo esto? Se echaban a un lado cuando él atravesaba el pueblo y, cuando había pasado, algunos jóvenes humoristas se levantaban el cuello del abrigo, se bajaban el ala del sombrero y echaban a andar nerviosamente detrás de él imitando sus movimientos. En aquel tiempo había una canción popular titulada «El Hombre Fantasma». La señorita Satchell la cantó en la sala de conciertos de la escuela (donde se recaudaba fondos para las lámparas de la iglesia) y, desde entonces, cada vez que uno o dos aldeanos se hallaban reunidos y aparecía el forastero, alguien silbaba un par de compases de la canción de forma más o menos desafinada. Los niños gritaban también «¡Hombre Fantasma!» y salían corriendo.

A Cuss, el boticario, le devoraba la curiosidad. Los vendajes excitaban su interés profesional y lo que se decía de las mil y una botellas le hacía sentir envidia. Durante los meses de abril y mayo, anduvo buscando una oportunidad para hablar con el forastero y, por fin, poco antes de Pentecostés, cuando ya no podía aguantar más, se aferró, como excusa, a la suscripción que se había abierto en el pueblo para obtener los servicios de una enfermera. En la posada, quedó sorprendido al descubrir que el señor Hall no conocía el nombre del desconocido.

—Nos dio su nombre —dijo la señora Hall, aunque esta afirmación era completamente falsa—. Pero no logré oírlo bien.

Dio esta explicación porque le parecía un poco absurdo no saber el nombre de su huésped.

Cuss llamó con los nudillos en la puerta de la sala y entró. En el interior resonó una imprecación.

—Perdone mi intrusión —dijo Cuss.

La puerta se cerró entonces y a la señora Hall le fue imposible escuchar el resto de la conversación. Llegó hasta ella un murmullo de voces durante los siguientes diez minutos; después, una exclamación de sorpresa, un movimiento de pies, una silla arrojada a un lado, una risa seca, pasos rápidos hacia la puerta, y Cuss apareció en el umbral con el rostro blanco como el papel, mirando para atrás sin cesar. Dejó la puerta abierta tras de sí y, sin dirigir la vista a la señora Hall, atravesó el vestíbulo y bajó las escaleras. En seguida llegó hasta ella el rumor de sus pasos recorriendo apresuradamente la calzada. Llevaba el sombrero en la mano. La posadera estaba de pie detrás del mostrador y, desde allí, contempló la puerta entreabierta de la sala. Entonces volvió a oír la risa del forastero y oyó que sus pisadas atravesaban la habitación. Desde donde se encontraba no podía verle la cara. La puerta se cerró de golpe y todo quedó de nuevo en silencio.

Cuss atravesó el pueblo y se dirigió directo a casa de Bunting, el vicario.

—¿Estoy loco? —preguntó bruscamente al entrar en el modesto despacho—. ¿Tengo yo aspecto de estar loco?

—¿Qué ha ocurrido? —preguntó el vicario, poniendo el amonites que usaba a modo de pisapapeles sobre las hojas sueltas con el sermón del domingo siguiente.

—Ese hombre de la posada…

—¿Qué?

—Deme algo de beber —dijo Cuss, sentándose.

Cuando sus nervios se hubieron calmado gracias a una copa de jerez barato —la única bebida de que disponía el buen vicario—, le habló de la entrevista que acababa de mantener.

—Entré —dijo entrecortadamente— y empecé a hablarle de la suscripción para la enfermera. Se había metido las manos en los bolsillos cuando yo aparecí en la puerta y estaba arrellanado en la butaca. Se sorbió la nariz. Le dije que, según tenía entendido, estaba interesado en cosas científicas. Me respondió que sí y se sorbió la nariz de nuevo. Estuvo sorbiéndose la nariz todo el tiempo. Por lo visto ha cogido un catarro infernal, ¡lo que no me extraña si va siempre envuelto de ese modo! Seguí hablándole de la suscripción, manteniendo mientras tanto los ojos bien abiertos. Botellas y productos químicos por todas partes. Una balanza, tubos de ensayo colocados en soportes y, en el aire, un intenso olor a onagra. ¿Querría suscribirse? Dijo que lo pensaría. Entonces le pregunté francamente si estaba haciendo investigaciones. Me respondió que sí. ¿Investigaciones largas? Se enfadó y me dijo que «condenadamente largas». «¿Ah, sí?», dije, y entonces contó lo que había provocado su cólera. Estaba ya a punto de estallar y mi pregunta fue la gota que derramó el vaso. Le habían dado una receta, una receta muy valiosa, no dijo para qué. ¿Se trataba de una receta médica? «¡Maldito sea! ¿Qué es lo que viene buscando aquí?». Me excusé. Se sorbió la nariz con dignidad y tosió. La había leído. Cinco ingredientes. La había dejado de nuevo en su sitio y había vuelto la cabeza. Una corriente de aire había levantado la receta. Se oyó un susurro y un crujido de papel. Trabajaba en una habitación sin pantalla en la chimenea, me dijo. Vio un resplandor y allá fue la fórmula, ardiendo chimenea arriba. Se abalanzó sobre ella cuando iba a desaparecer por el tubo de la chimenea. ¡Así! Y en ese momento, para ilustrar su historia, sacó el brazo.

—¿Y bien?

—No había mano. Solo una manga vacía. ¡Dios santo!, pensé, ¡vaya una deformidad! Debe de usar un brazo postizo y se lo ha quitado. Pero entonces comprendí que había algo extraño en aquello. ¿Qué demonios mantenía aquella manga en posición vertical y abierta si no tenía nada dentro? ¡Le aseguro que no tenía nada dentro! Nada en absoluto, por lo menos hasta el codo. Pude ver perfectamente el interior hasta el codo y observé un centelleo de luz a través de un desgarrón de la tela. «¡Santo Dios!», exclamé. Entonces se detuvo, me miró con sus enormes gafas y después se miró la manga.

—¿Y qué?

—Eso es todo. No dijo una palabra, se limitó a mirarme, furioso, y volvió a introducir la manga rápidamente en el bolsillo. «Como iba diciendo», me dijo, «ahí estaba la receta, ardiendo». «¿Cómo demonios», le pregunté, «puede mover de ese modo una manga vacía?». «¿Una manga vacía?». Entonces se levantó y yo me levanté también. Se acercó a mí con tres pasos lentos y permaneció de pie a mi lado, sorbiéndose la nariz con malignidad. Yo no me moví, aunque le aseguro que esa cabeza vendada y esos anteojos son capaces de poner nervioso a cualquiera. «¿Ha dicho usted que era una manga vacía?», repitió. «Desde luego», respondí. Después, muy despacio, sacó la manga del bolsillo y levantó el brazo en mi dirección, como si quisiera enseñármelo de nuevo. Lo hizo muy lentamente. Lo miré. Pareció transcurrir un siglo. «Pues sí», dije, aclarándome la garganta, «no tiene nada dentro». Tenía que decir algo. Empezaba a estar asustado. Veía con claridad todo su interior. Extendió el brazo directamente hacia mí, despacio, despacio, así, hasta que el puño de la manga estuvo a quince centímetros de mi cara. ¡Resultaba horrible ver moverse una manga vacía de ese modo! Y entonces…

—¿Qué?

—Algo como un dedo me dio un pellizco en la nariz.

Bunting se echó a reír.

—¡Allí no había nada! —dijo Cuss. Su voz se elevó hasta gritar la palabra «nada»—. Puede usted reírse, pero le aseguro que me llevé tal sobresalto que le golpeé con fuerza la manga, di media vuelta, salí de la habitación y ahí le dejé…

Cuss se interrumpió. No cabía duda de que su pánico era sincero. Miró alrededor, aturdido, y se bebió de un solo trago una segunda copa del muy inferior jerez del excelente vicario.

—Cuando le golpeé la manga —prosiguió—, le digo que tuve la sensación de que golpeaba un brazo. Pero ¡no había brazo! ¡No había ni sombra de brazo!

El señor Bunting reflexionó con detenimiento y miró a Cuss con desconfianza.

—Una historia extraordinaria —dijo. Tenía una expresión muy sabia y grave—. Verdaderamente —repitió con énfasis judicial—, una historia extraordinaria.

5

El robo de la vicaría

Los detalles del robo de la vicaría nos son conocidos principalmente por medio del vicario y su esposa. Tuvo lugar en la madrugada del lunes de Pentecostés, el día dedicado en Iping a las festividades del club. Por lo visto, la señora Bunting despertó bruscamente, en medio de la quietud que reina antes del amanecer, con la impresión de que la puerta del dormitorio se había abierto y vuelto a cerrar. No despertó en seguida a su marido, sino que permaneció en la cama escuchando. Entonces oyó con claridad un rumor de pies descalzos que salían de la habitación contigua y recorrían el pasillo en dirección a la escalera. Una vez que se hubo asegurado de ello, despertó al reverendo Bunting haciendo el menor ruido posible. El vicario no encendió la luz. Se puso las gafas, la bata de su mujer y sus zapatillas de baño y salió al pasillo para escuchar. Oyó entonces con toda claridad unos ruidos que venían de su despacho en el piso de abajo y, poco después, un violento estornudo.

Volvió en seguida a su dormitorio, cogió el arma que tenía más a mano, el atizador de la chimenea, y descendió la escalera tan silenciosamente como le fue posible. La señora Bunting salió tras él al descansillo.

Eran aproximadamente las cuatro y la oscuridad de la noche había comenzado a ceder. Había un tenue resplandor en el vestíbulo, pero la puerta abierta del despacho mostraba en el interior unas tinieblas impenetrables. Todo estaba en silencio excepto por el débil crujido de los escalones bajo los pies del señor Bunting y ligeros rumores dentro del despacho. Después hubo un golpe, se abrió un cajón y se oyó un ruido de papeles. Sonó una imprecación, se encendió una cerilla y el estudio quedó iluminado de luz amarillenta. El señor Bunting había llegado ya al vestíbulo y, a través de la rendija de la puerta, pudo ver perfectamente su escritorio con un cajón abierto y una bujía encendida. Pero no logró distinguir al ladrón. Permaneció indeciso donde estaba y la señora Bunting, pálida y ansiosa, bajó con lentitud la escalera detrás de él. Una certeza evitaba que decayera el valor del señor Bunting: la convicción de que el ladrón era un habitante del pueblo.

El vicario y su esposa oyeron el sonido metálico del dinero y comprendieron que el ladrón había encontrado sus reservas de oro: dos libras y diez chelines en monedas de medio soberano. Al oírlo, el señor Bunting se decidió de pronto a entrar en acción. Agarrando con firmeza el atizador de la chimenea, se apresuró a entrar en la habitación, seguido de cerca por la señora Bunting.

—¡Manos arriba! —exclamó con ferocidad, pero inmediatamente se detuvo.

La estancia estaba completamente vacía.

Sin embargo, su convicción de que hacía un momento habían oído que alguien se movía allí mismo era una absoluta certeza. Durante medio minuto permanecieron en pie con la respiración entrecortada. Después, la señora Bunting atravesó la habitación y miró detrás del biombo, mientras su marido, obedeciendo a un impulso parejo, se ponía a investigar debajo del escritorio. A continuación, la señora Bunting sacudió las cortinas de la ventana y el vicario miró por el tubo de la chimenea y tanteó dentro con el atizador. La señora Bunting escudriñó la papelera y el señor Bunting abrió el cajón donde guardaban el carbón. Hecho esto, se detuvieron y permanecieron mirándose el uno al otro con ojos interrogantes.

—Hubiera jurado… —dijo el señor Bunting—. ¡La bujía! ¿Quién la ha encendido?

—¡El cajón! —exclamó su esposa—. ¡El dinero ha desaparecido! —Se dirigió rápidamente hacia la puerta—. ¡Qué cosa más extraordinaria…!

Hasta ellos llegó el eco de un estornudo en el pasillo. Salieron apresuradamente y, en aquel momento, la puerta de la cocina se cerró con violencia.

—¡Trae la luz! —dijo el señor Bunting, andando delante de su esposa.

Los dos oyeron entonces el sonido de los cerrojos al correrse.

Al entrar en la cocina el vicario vio, desde el otro extremo del fregadero, que la puerta trasera se estaba abriendo. La luz del amanecer permitía ver las sombras del jardín al otro lado. Está seguro de que nadie ha salido por la puerta. Esta se abrió, permaneció abierta un momento y en seguida se cerró de golpe. La luz que la señora Bunting había sacado del despacho vaciló y tembló… Pasaron uno o dos minutos antes de que se decidieran a entrar en la cocina.

Estaba completamente vacía. Cerraron de nuevo la puerta trasera, escudriñaron la cocina, la despensa y el fregadero detenidamente y, por último, bajaron al sótano. Pero, a pesar de su búsqueda, no lograron encontrar a nadie en la casa.

La luz del día sorprendió al vicario y su esposa —una pequeña pareja vestida de forma anticuada— maravillados aún, en el primer piso de su casa, a la luz innecesaria de una vela casi consumida.

6

El mobiliario que enloqueció

Sucedió que, en las primeras horas del lunes de Pentecostés, antes de que Millie comenzara su trabajo, el señor y la señora Hall se levantaron de la cama y bajaron en silencio a la bodega. Lo que allí tenían que hacer era algo de naturaleza completamente privada y se relacionaba con la densidad relativa de su cerveza. Acababan de entrar en la bodega, cuando la señora Hall recordó que había olvidado bajar una botella de zarzaparrilla de su habitación. Y, como en aquel asunto ella era la operaria más experta e importante, fue Hall quien subió a buscarla.

Al llegar al descansillo le sorprendió ver que la puerta de la habitación del forastero estaba entreabierta. Siguió su camino hasta su dormitorio y encontró la botella donde le habían indicado.

Pero, al bajar de nuevo, observó que los cerrojos de la puerta de entrada estaban descorridos y que esta solo se hallaba cerrada con el picaporte. Un relámpago de inspiración le hizo relacionar esta anomalía con la habitación del forastero y con las teorías del señor Teddy Henfrey. Recordaba perfectamente haber sostenido la bujía mientras la señora Hall cerraba los cerrojos la noche anterior. Al ver aquello se detuvo con la boca abierta. Después, con la botella todavía en la mano, subió de nuevo la escalera y llamó a la puerta del forastero. No obtuvo respuesta. Llamó de nuevo, empujó la puerta y entró.

Halló todo tal como se lo había imaginado. La cama y la habitación estaban vacías. Y, lo que resultaba más extraño, aun para su pobre inteligencia, era que en la silla y a los pies de la cama se hallaba esparcida la ropa, la única ropa, y los vendajes de su cliente. Hasta su sombrero de anchas alas estaba colocado garbosamente en una de las columnas de la cama.

Mientras Hall permanecía allí oyó la voz de su mujer que surgía de las profundidades de la bodega. Con el rápido atropellarse de las sílabas y el tono interrogante y agudo de las últimas palabras con que los aldeanos del oeste de Sussex expresan una profunda impaciencia, estaba diciendo:

—George, ¿has cogido lo que te he pedido?

Al oírlo, Hall se volvió bruscamente y fue a reunirse con ella.

—Janny —dijo desde lo alto de los escalones—, lo que Henfrey dice es verdad. No está en su cuarto, y los cerrojos de la puerta de entrada están descorridos.

Al principio, la señora Hall no comprendió del todo, pero cuando lo hizo, decidió ver por sí misma la habitación vacía. Hall, con la botella todavía en la mano, abrió la marcha.

—Él no está —dijo—, pero su ropa sí. ¿Qué estará haciendo entonces sin su ropa? Todo este asunto es muy extraño.

Mientras subían la escalera de la bodega, ambos creyeron oír que la puerta de entrada se abría y se cerraba, pero, al ver que estaba cerrada y que no había nadie, ninguno de los dos dijo al otro una palabra del asunto. La señora Hall se adelantó a su marido en el pasillo y subió primero la escalera. Alguien estornudó. Hall, que iba algunos escalones detrás, creyó que era ella la que había estornudado. Ella tuvo la impresión de que era Hall quien estornudaba.

Abrió la puerta de par en par y permaneció de pie contemplando la habitación.

—¡Qué curioso! —exclamó.

Oyó que alguien se sorbía la nariz junto a ella, o al menos eso le pareció, y, cuando se volvió, quedó sorprendida al ver a Hall a unos cuatro metros de distancia, en lo alto de la escalera. Pero, un minuto después, estaba a su lado. Entonces ella se inclinó hacia delante y colocó la mano sobre la almohada y, después, debajo de la ropa.

—Está frío —dijo—. Lleva levantado una hora o más.

En aquel momento sucedió algo extraordinario. La ropa de cama se movió por sí sola, se levantó formando una especie de pico y, después, cayó de golpe a los pies de la cama. Parecía como si una mano la hubiera agarrado por el centro y la hubiera arrojado a un lado. Inmediatamente después, el sombrero del forastero saltó del poste de la cama, describió un vuelo giratorio en el aire haciendo un gran círculo y fue directo a la cara de la señora Hall. Con la misma rapidez, la esponja saltó del lavabo y, después, la silla, echando a un lado los pantalones y la chaqueta y riendo secamente con una risa que se parecía de un modo extraño a la del forastero, apuntó con sus cuatro patas a la señora Hall, pareció ajustar la puntería durante unos instantes y cargó contra ella. La posadera gritó y dio media vuelta, y entonces las patas de la silla se apoyaron suave pero firmemente en su espalda, obligándolos a ella y a Hall a salir de la habitación. La puerta dio un violento golpe y se cerró con llave. La silla y la cama parecieron ejecutar durante unos instantes una danza triunfal y, después, de manera abrupta, se hizo el silencio.

La señora Hall quedó medio desmayada en brazos de su marido en el descansillo de la escalera. Con la mayor dificultad, el señor Hall y Millie, a quien había despertado su grito de alarma, lograron bajarla al piso inferior y aplicarle los remedios acostumbrados en tales casos.

—Son espíritus —dijo la señora Hall—. Sé que son espíritus. He leído casos acerca de ellos en los periódicos. Las mesas y las sillas dando saltos y bailando…

—Toma otro trago, Janny —dijo Hall—. Esto te calmará.

—Cierra la puerta y no le dejes entrar —dijo la señora Hall—. ¡Que no entre nunca más! Debía haberlo adivinado… Con esos ojos ocultos detrás de las gafas, esa cabeza vendada y el no ir nunca a misa los domingos. ¡Y tantas botellas! Más de las que es lógico tener. Ha embrujado el mobiliario… ¡Mis muebles! En esa misma silla solía sentarse mi madre cuando yo era una niña. ¡Y pensar que ahora se ha levantado contra mí…!

—Toma un poco más, Janny —dijo Hall—. Tienes los nervios deshechos.

Enviaron a Millie al otro lado de la calle, bajo de la luz dorada del amanecer, para despertar a Sandy Wadgers, el herrero. El señor Hall le enviaba saludos y le comunicaba que los muebles se estaban comportando de un modo extraordinario. ¿Sería el señor Wadgers tan amable de acudir a la posada? El señor Wadgers era un hombre sabio y lleno de recursos. El caso se le apareció bajo una luz grave.

—Eso tiene que ser brujería —fue la opinión del señor Sandy Wadgers—. Hacen falta herraduras para defenderse de gentes como él.

Llegó a la posada profundamente preocupado. Quisieron conducirle en seguida a la habitación, pero él no parecía tener prisa. Prefirió escuchar el relato de los hechos en el vestíbulo. Al otro lado de la calle, el ayudante de Huxter se dispuso a abrir las persianas de la ventanilla del tabaco y le llamaron para que tomara parte en el conciliábulo. Naturalmente, el señor Huxter apareció pocos minutos más tarde. El genio anglosajón para el gobierno parlamentario quedó demostrado. Hubo muchas palabras, pero ninguna acción decisiva.

—Escuchemos primero los detalles de lo ocurrido —insistió Sandy Wadgers—. Asegurémonos de que hacemos bien al forzar la puerta abierta. Una puerta sin forzar siempre puede forzarse, pero es imposible desforzar una puerta que se ha forzado.

Y de pronto, del modo más extraordinario, la puerta se abrió por sí sola y, al levantar la vista, estupefactos, vieron que la embozada figura del forastero bajaba la escalera con una mirada más siniestra que nunca en sus grandes ojos de cristal. Bajó, rígida y lentamente, mirando con fijeza hacia delante. Recorrió todo el vestíbulo y después se detuvo.

—¡Miren! —dijo.

Todos los ojos siguieron la dirección de su dedo enguantado y vieron una botella de zarzaparrilla junto a la puerta de la bodega. Después, el forastero entró en la sala de huéspedes y les cerró, iracundo, la puerta en las narices.

Nadie habló una palabra hasta que se perdieron los últimos ecos del portazo. Se miraron los unos a los otros.

—En fin, ¡si eso no lo explica todo…! —dijo el señor Wadgers, y dejó sin decir la alternativa—. Yo iría y me enfrentaría con él —le sugirió a Hall—. Yo le exigiría una explicación.

El marido de la posadera tardó algún tiempo en convencerse de la conveniencia de tal cosa. Por último llamó con los nudillos, abrió la puerta y comenzó:

—Siento interrumpirle…

—¡Váyase al diablo! —rugió el forastero—. ¡Y cierre la puerta!

De este modo terminó la breve entrevista.

7

El forastero se descubre

El forastero entró en la salita de The Coach and Horses alrededor de las cinco y media de la mañana y permaneció allí hasta cerca del mediodía con las persianas bajadas, la puerta cerrada y sin que nadie, después de lo ocurrido a Hall, se atreviera a acercársele.

Durante todo aquel tiempo debió de ayunar. Hizo sonar la campanilla tres veces, la tercera con verdadera cólera, pero nadie le contestó.

—¡Que aprenda a mandarnos al diablo! —dijo la señora Hall.

Poco después llegó hasta ellos el rumor del robo cometido en la vicaría y comenzaron a atar cabos. Hall, acompañado por Wadgers, fue a visitar al señor Shuckleforth, el magistrado, para pedirle consejo. Nadie se atrevía a subir al piso superior, y se ignora en lo que permaneció ocupado el forastero. De vez en cuando, recorría violentamente la sala, y dos veces se oyó una serie de maldiciones, el desgarrar de papel y un ruido de cristales rotos.

El reducido grupo de gente asustada pero curiosa fue aumentando. La señora Huxter se unió a él. Algunos jóvenes, espléndidamente vestidos con chaquetas negras y corbatas de papel piqué —pues era lunes de Pentecostés— se unieron al grupo haciendo preguntas. El joven Archie Harker se distinguió entre todos porque, al atravesar el patio, intentó mirar a través de las persianas. No pudo ver nada, pero dio lugar a que los demás creyeran que veía y a que otros jóvenes de Iping le imitaran.

Era un hermoso día de fiesta y en la calle principal del pueblo había una docena o más de puestos de todas clases, incluida una galería de tiro. En la pradera que quedaba al lado de la fragua, había tres vagones amarillos y marrones, y un grupo de extranjeros pintorescos de ambos sexos estaba montando un puesto de tiro al coco. Los caballeros vestían jerséis azules y las señoras, delantales blancos y sombreros a la moda cargados de plumas. Woodyer, de la taberna The Purple Fawn, y el señor Jaggers, el zapatero, que también vendía bicicletas de segunda mano, estaban tendiendo de un lado a otro de la calle un cordel con banderitas nacionales y gallardetes de la corona que habían servido originalmente para celebrar el primer jubileo victoriano.

Y, mientras tanto, en la oscuridad artificial de la sala, en la que solo penetraba la luz del sol por una rendija, el forastero, suponemos que hambriento y asustado, escondido en sus incómodas envolturas, contemplaba sus papeles a través de sus gafas oscuras o hacía sonar sus sucias botellas y, de vez en cuando, apostrofaba con ira a los muchachos que, aunque invisibles, eran perfectamente audibles desde el otro lado de la ventana. En el rincón que había junto a la chimenea yacían los fragmentos de media docena de botellas rotas, y un punzante olor a cloro llenaba la atmósfera. Sabemos todo esto por lo que entonces pudo oírse y por lo que más tarde se descubrió en la habitación.

A eso de las doce abrió la puerta de la sala y permaneció en el umbral mirando fijamente a las tres o cuatro personas que se hallaban en el bar.

—Señora Hall —dijo.

Alguien se separó tímidamente del grupo y fue a buscar a la señora Hall. Esta apareció al poco tiempo con la respiración algo fatigosa, lo que no impedía que se sintiera indignada. Hall no había vuelto todavía.

Ella había estado esperando esta escena y apareció con una bandejita que contenía la cuenta sin pagar.

—¿Es la cuenta lo que quiere? —preguntó.

—¿Por qué no me han traído el desayuno? ¿Por qué no me han preparado comida, ni contestado a mis llamadas? ¿Cree usted que yo vivo sin comer?

—¿Por qué no me ha pagado la cuenta? —dijo la señora Hall—. Eso es lo que yo quiero saber.

—Le dije hace tres días que estoy esperando un envío de dinero…

—Y yo le dije hace tres días que no voy a esperar ningún envío. No puede protestar por haber estado esperando el desayuno si mi cuenta ha estado esperando cinco días, ¿verdad?

El forastero blasfemó breve pero enérgicamente.

—¡Vamos, vamos! —dijo una voz desde el bar.

—Y le agradecería mucho, señor, que se guardara sus juramentos para usted —dijo la señora Hall.

El forastero permaneció en pie, más parecido que nunca a un buzo enfadado. Todos los que se encontraban en el bar pensaron que la señora Hall había ganado la partida. Y las siguientes palabras del forastero así lo demostraron.

—Escuche, buena mujer… —comenzó.

—A mí no me llame «buena mujer» —dijo la señora Hall.

—Ya le he dicho que no ha llegado el envío que estoy esperando.

—¡Me río yo de sus envíos!

—Sin embargo, yo creo que llevo en el bolsillo…

—Me dijo hace tres días que no tenía encima más que un soberano de plata.

—Bien, pues he encontrado un poco más.

—¿Ah, sí? —exclamaron desde el bar.

—Me gustaría saber dónde lo ha encontrado —comentó la señora Hall.

Esto pareció indignar al forastero, que dio una patada en el suelo.

—¿Qué quiere decir con eso? —preguntó.

—Que me gustaría saber dónde lo ha encontrado. Y antes de arreglar ninguna cuenta, o de traer el desayuno, o de hacer nada, tiene que aclararme una o dos cosas que no comprendo y que nadie comprende, y que todos estamos ansiosos por saber. Quiero saber lo que le ha hecho a mi silla, y quiero saber cómo es que su habitación estaba vacía y cómo consiguió entrar de nuevo. Los que se hospedan en esta casa entran por las puertas. Esa es la regla de mi casa y eso es lo que usted no ha hecho, y lo que quiero es saber cómo consiguió entrar. Y quiero saber…

De pronto, el forastero levantó sus contraídas y enguantadas manos, dio una patada en el suelo y dijo: «¡Basta!», con tan extraordinaria violencia que la redujo al silencio inmediatamente.

—Usted no comprende —dijo— quién soy o lo que soy. Yo se lo demostraré. ¡Vive el cielo que se lo demostraré!

Entonces se llevó la mano a la cara y la bajó de nuevo. El centro de su cara se convirtió en una cavidad oscura.

—Tome —dijo.

Dio un paso hacia delante y le entregó a la señora Hall algo que ella, contemplando fijamente la metamorfosis ocurrida en su rostro, aceptó de un modo automático. Pero, al ver lo que era, profirió un fuerte grito, lo soltó y se echó hacia atrás. La nariz (¡era la nariz del forastero, rosa y reluciente!) rodó por el suelo.

Seguidamente se quitó las gafas, y todos los que estaban en el bar contuvieron la respiración. Se despojó del sombrero y, con un movimiento violento, tiró de las patillas y los vendajes. Durante unos instantes, se le resistieron. Un fogonazo de horrible premonición recorrió el bar.

—¡Oh, Dios mío! —dijo alguien.

Y por fin se los quitó.

Fue algo espantoso. La señora Hall, horrorizada y con la boca abierta, se puso a gritar y se dirigió corriendo a la puerta de la casa. Todos comenzaron a moverse. Habían esperado ver cicatrices, desfiguraciones y horrores tangibles, pero… ¡nada! Los vendajes y el pelo falso volaron por el vestíbulo y llegaron hasta el mostrador, obligando a un muchacho a dar un salto para evitarlos. Todos tropezaban unos contra otros al bajar los escalones. Pues aquel hombre, que permanecía en pie dando a gritos una incoherente explicación, era hasta el cuello una figura sólida y gesticulante y, después… ¡el vacío, la nada!

Los vecinos del pueblo oyeron gritos y chillidos y, al mirar calle arriba, vieron que The Coach and Horses escupía violentamente a la calle a sus clientes. Vieron caerse a la señora Hall, vieron cómo Teddy Henfrey daba un salto a un lado para no tropezar con ella y después oyeron los terribles gritos de Millie que, habiendo salido de la cocina por el tumulto, se tropezó con el forastero sin cabeza en el pasillo. Los gritos aumentaron de repente.

Desde aquel momento, toda la gente que había en la calle, el confitero, el propietario del tiro al coco y su ayudante, el encargado de los columpios, niños y niñas, dandis rústicos, criaditas pulcras, señoras en bata y gitanas con delantales…, todos echaron a correr hacia la posada y, en un lapso de tiempo milagrosamente corto, había un grupo de unas cuarenta personas, que aumentaba con rapidez, frente al establecimiento de la señora Hall, moviéndose, gritando, preguntando, exclamando y haciendo sugerencias. Todos querían hablar al mismo tiempo, y el resultado fue un babel. Un pequeño grupo atendía a la señora Hall, a la que levantaron del suelo en un estado lamentable. Se produjo un gran alboroto y el increíble testimonio de un vociferante testigo ocular.

—¡Un fantasma…!

—¿Qué es lo que ha hecho?

—No la habrá herido, ¿verdad?

—Creo que se le ha echado encima con un cuchillo.

—Te digo que no tiene cabeza. No hablo en sentido figurado, sino que es verdaderamente un hombre sin cabeza.

—¡Tonterías! Debe de ser un truco de prestidigitación.

—Se quitó los vendajes…

En sus forcejeos por atisbar por la puerta abierta, el grupo formaba un impenetrable muro, con el más afortunado a la vanguardia.

—Se estuvo quieto un momento, oí el grito de la chica y entonces se volvió. Vi un revoloteo de faldas y él echó a correr detrás de ella. No tardó ni diez segundos. Volvió con un cuchillo en la mano y un pedazo de pan y se quedó en pie, como si nos mirara. Hace un momento. Entró por aquella puerta. Les digo que no tiene cabeza. ¡Lástima que no lo hayan visto!

Hubo un revuelo en la parte de atrás y el que hablaba se detuvo y se hizo a un lado para dejar paso a una pequeña comitiva que se dirigía decididamente hacia la casa. Iba, en primer lugar, el señor Hall, muy acalorado y enérgico; después, Bobby Jaffers, el alguacil del pueblo, y, por último, el cauteloso señor Wadgers. Estaban provistos de una orden de arresto.

Los componentes del grupo les informaron a gritos de los recientes acontecimientos.

—Tenga cabeza o no —dijo Jaffers—, debo arrestarle y le arrestaré.

El señor Hall subió los escalones y se dirigió en línea recta a la puerta de la sala de huéspedes, que encontró abierta.

—Alguacil, cumpla con su deber —dijo.

Jaffers penetró en la estancia seguido de Hall y Wadgers. Vieron en la penumbra la figura sin cabeza que los contemplaba, con un mendrugo de pan mordisqueado en una mano enguantada y un pedazo de queso en la otra.

—Ese es —dijo Hall.

—¿Qué diablos significa esto? —dijo una voz que llegó hasta ellos desde encima del cuello de la figura.

—Es usted un individuo extraño, señor —dijo Jaffers—, pero, con cabeza o sin ella, la orden de arresto dice «cuerpo», y el deber es el deber…

—¡No se acerque! —dijo la figura dando un paso atrás.

Dejó caer bruscamente el pan y el queso y el señor Hall cogió a tiempo el cuchillo de la mesa para protegerlo. El forastero se quitó el guante izquierdo y abofeteó con él la cara de Jaffers. Un instante después, Jaffers, interrumpiéndose en medio de una frase en la que mencionaba de nuevo la orden de arresto, le cogió por la muñeca sin mano y le agarró la invisible garganta. Recibió un puntapié en la espinilla que le hizo dar un grito, pero no soltó su presa. Hall envió el cuchillo deslizándolo por encima de la mesa hasta Wadgers, que actuó como el portero del equipo atacante, por así decirlo, mientras Jaffers y el forastero se tambaleaban agarrándose el uno al otro. Una silla se interpuso entre ellos, pero se vino abajo con estruendo cuando los dos cayeron al suelo.

—Cójale por los pies —dijo Jaffers entre dientes.

Hall, al intentar cumplir sus instrucciones, recibió una sonora patada en las costillas que le inutilizó por unos momentos, y Wadgers, viendo que el decapitado forastero se había incorporado y había conseguido subirse encima de Jaffers, se batió en retirada hacia la puerta, cuchillo en mano, y tropezó en ese momento con el señor Huxter y el carretero de Sidderbridge, que llegaban en ayuda de la ley y el orden. En aquel instante cayeron al suelo dos o tres botellas de la cómoda, sumiendo la habitación en un olor acre.

—¡Me entrego! —gritó el forastero, a pesar de que tenía a Jaffers derribado.

Un momento después se puso en pie, resollando. Presentaba una extraña figura, sin cabeza y sin manos, ya que se había quitado también el guante derecho.

—Es inútil —dijo como en un sollozo.

Resultaba impresionante oír aquella voz que surgía como del espacio vacío, pero los campesinos de Sussex son la gente menos melodramática que existe bajo el sol. Jaffers se puso en pie también y sacó un par de esposas. Pero en seguida titubeó.

—¡Eh! —dijo Jaffers, dándose cuenta de la incongruencia de todo el asunto—. ¡Maldita sea! No puedo utilizarlas si no veo.

El forastero se paso el brazo por el chaleco y, como por milagro, la fila de botones a los que señalaba la manga vacía se desabrocharon. Entonces dijo algo sobre su espinilla y se inclinó. Pareció maniobrar con sus zapatos y calcetines.

—¡Atiza! —exclamó Huxter de pronto—. Esto no es un hombre. No es más que ropa vacía. ¡Miren! Se ve el vacío por dentro del cuello y el forro de la ropa. Podría meter el brazo…

Mientras lo decía extendió la mano al hablar, pero pareció tropezar con algo en el espacio y la retiró con una exclamación.

—Le agradecería que no me metiera los dedos en el ojo —dijo la etérea voz con tono de colérica irritación—. Estoy aquí completamente entero, cabeza, manos, piernas y todo lo demás, pero resulta que soy invisible. Es un maldito engorro, pero así es. Y eso no es razón suficiente para que deba ser reducido a pedazos por todos los estúpidos patanes de Iping.

La ropa, totalmente desabrochada y colgando de su invisible soporte, se puso en pie con los brazos en jarras.

Unos cuantos hombres habían entrado en la habitación, de forma que ya se hallaba abarrotada.

—Invisible, ¿eh? —dijo Huxter sin hacer caso de los insultos del forastero—. ¿Quién ha oído nunca cosa semejante?

—Es posible que sea extraño, pero no es un crimen. Quisiera saber por qué un policía me ataca de este modo.

—¡Ah! Eso ya es otra cosa —dijo Jaffers—. No cabe duda de que es difícil verle en esta penumbra, pero tengo una orden y debo cumplirla. Lo que yo persigo no es la invisibilidad, sino el robo. Ha sido asaltada una casa y el dinero ha desaparecido.

—¿Y qué?

—Las circunstancias señalan ciertamente…

—¡Tonterías! —dijo el hombre invisible.

—Así lo espero. Pero sepa usted que he recibido instrucciones…

—Está bien —dijo el forastero—. Iré. Iré, pero sin esposas.

—Es lo acostumbrado —dijo Jaffers.

—Sin esposas —gesticuló el forastero.

—Lo lamento —insistió Jaffers.

La figura se sentó de repente y, antes de que nadie comprendiera lo que estaba ocurriendo, las zapatillas, los calcetines y los pantalones desaparecieron debajo de la mesa. Después, se puso en pie de nuevo y se quitó la chaqueta.

—¡Eh, oiga, deténgase! —dijo Jaffers dándose cuenta de pronto de lo que sucedía.

Agarró el chaleco que se debatía y la camisa se salió de él, dejando la prenda inerte colgando de su mano.

—¡Agarradlo! —gritó Jaffers—. Acaba de desnudarse…

—¡Agarradlo! —gritaban todos, abalanzándose sobre la revoloteante camisa blanca, que era cuanto quedaba visible del forastero.

La manga de la camisa golpeó violentamente el rostro de Hall, que se vio obligado a detenerse en su avance, y un momento después la prenda se levantó y sus movimientos revelaron que alguien se la estaba sacando por la cabeza. Jaffers la cogió con fuerza y no consiguió más que ayudar a desprenderla. Recibió un golpe violento en la boca, blandió inmediatamente su porra y dio con ella en la cabeza de Teddy Henfrey.

—¡Cuidado! —gritaron todos, esquivando al azar y golpeando en el vacío—. ¡Sujetadle! ¡Cerrad la puerta! ¡Que no escape! ¡Aquí tengo algo! ¡Aquí está!

Aquello era un babel de voces. Todos parecían recibir golpes al mismo tiempo, y Sandy Wadgers, como siempre lleno de recursos y con la inteligencia agudizada por un tremendo puñetazo en la nariz, abrió la puerta y encabezó la retirada. Los demás, al intentar seguirle, se amontonaron por un momento en el umbral. Los golpes continuaban. Phipps, el unitario, tenía un diente roto, y Henfrey resultó herido en el cartílago de una oreja. Jaffers recibió un puntapié en la mandíbula y, al volverse, cogió algo que se interponía entre él y Huxter en medio de la refriega y les impedía acercarse uno al otro. Le pareció tocar un tórax musculoso y, un momento después, todo el grupo de hombres forcejeantes y excitados salió al abarrotado vestíbulo.

—¡Ya le tengo! —gritó Jaffers, medio ahogado, haciendo eses y luchando, con la cara muy roja y las venas del cuello hinchadas, con su invisible enemigo.

Los hombres se apartaban tambaleándose a ambos lados mientras los dos combatientes se dirigían hacia la puerta de la casa y bajaban rodando la media docena de escalones de la entrada de la posada. Jaffers gritó con voz estrangulada —aunque sin soltar su presa y usando las rodillas para golpear—, giró sobre sí mismo y cayó pesadamente con la cabeza en la grava. Solo entonces abrió los dedos.

Se oyeron gritos nerviosos de «¡No le sueltes!», «¡Invisible!», y un joven desconocido en el lugar, cuyo nombre no llegó a saberse, corrió hacia la escena, agarró algo, se le soltó y cayó sobre el postrado cuerpo del alguacil. En mitad de la calle una mujer gritó al sentirse empujada; un perro, que por lo visto recibió un puntapié, se dirigió aullando hacia el patio de Huxter, y con eso llegó a su fin el tránsito del hombre invisible. Durante unos instantes, la gente permaneció estupefacta, gesticulando. Después, el pánico los sobrecogió y los esparció por el pueblo, del mismo modo que una ráfaga de viento esparce las hojas muertas.

Pero Jaffers se quedó allí sin moverse, boca arriba y con las rodillas dobladas, al pie de los escalones de la posada.

8

En tránsito

El capítulo 8 es sumamente breve y relata que Gibbons, el naturalista aficionado del distrito, que estaba descansando medio dormido en las espaciosas colinas sin que hubiera un alma en un kilómetro a la redonda, o eso pensaba él, oyó junto a sí un ruido como de un hombre tosiendo, un estornudo y, acto seguido, una voz maldiciendo para sí misma. Al mirar, no vio nada, pero la voz era indiscutible. Continuó maldiciendo con la amplitud y variedad que caracterizan las maldiciones de un hombre cultivado. Fue aumentando en volumen hasta llegar a un punto culminante y, después, disminuyó de nuevo y murió en la lejanía, tomando, al parecer, la dirección de Adderdean. Se oyó un espasmódico estornudo y todo terminó. Gibbons no se había enterado de los sucesos de la mañana, pero el fenómeno fue tan extraordinario y perturbador, que toda su filosófica tranquilidad se desvaneció. Se levantó apresuradamente y, tan rápido como pudo, descendió por la ladera de la colina hacia el pueblo.

9

El señor Thomas Marvel

Deben imaginarse al señor Thomas Marvel como una persona de rostro flexible y copioso, con una nariz en forma de saliente cilíndrico, boca glotona, amplia y fluctuante y barba de una erizada excentricidad. Su cuerpo tenía cierta propensión a la obesidad, y la pequeñez de sus piernas y brazos acentuaba esta propensión. Llevaba un sombrero de seda adornado con pieles, y la frecuente sustitución de los botones por cordeles, aparente en los más necesarios puntos de su atuendo, delataba a un hombre esencialmente célibe.

Thomas Marvel estaba sentado con los pies metidos en la cuneta de la carretera que atravesaba las colinas en dirección a Adderdean, a unos dos kilómetros y medio de Iping. Sus pies estaban exclusivamente cubiertos por unos calcetines de calado irregular y sus dedos eran anchos y se erguían como las orejas de un perro vigilante. Estaba contemplando un par de botas con mucha tranquilidad —él lo hacía todo con tranquilidad—. Eran las botas más fuertes que había poseído desde hacia mucho tiempo, pero le quedaban demasiado grandes, mientras que las otras que tenía le resultaban muy cómodas cuando la temperatura era buena, pero su suela era demasiado fina para andar por terreno húmedo. Thomas Marvel detestaba las botas holgadas, pero también detestaba la humedad. Nunca había acabado de decidir qué era lo que odiaba más y, como hacía un día agradable y no había otra cosa mejor para hacer, lo estaba pensando. De modo que colocó las cuatro botas sobre el césped y las contempló. Al verlas encima de la hierba y de la naciente agrimonia, pensó de pronto que los dos pares eran igualmente feos. No se sobresaltó al oír una voz a su espalda.

—Por lo menos son botas —dijo la Voz.

—¡Sí! —dijo Thomas Marvel ladeando la cabeza y mirándolas con disgusto—. Y maldito si sé cuál es el par más feo en todo el universo.

—¡Hum! —dijo la Voz.

—He usado otras peores, y también he ido sin ellas. Pero no he visto ningunas tan audazmente feas, si me permite la expresión. Llevo días gorroneando, en concreto, botas. Porque estoy harto de estas. Como es natural, son buenas, pero un caballero que vagabundea ve demasiado sus malditas botas. En todo este condado no he encontrado otras mejores. ¡Mírelas! Y eso que, en general, aquí se encuentran buenas botas. Pero yo he tenido mala suerte. Llevo diez años o más consiguiendo botas en este condado. ¡Para que después me traten de este modo!

—¡Este condado es repugnante! —dijo la Voz—. Y sus habitantes son unos cerdos.

—¿Verdad que sí? —dijo Thomas Marvel—. ¡Señor! Pero ¡lo peor de todo son las botas!

Miró por encima del hombro derecho para contemplar las botas de su interlocutor y hacer comparaciones, y vio que, donde lógicamente debían haber estado, no había ni piernas ni botas. Miró por encima del hombro izquierdo y tampoco allí había piernas ni botas. Se sintió irradiado por la alborada de un gran asombro.

—¿Dónde está? —dijo Thomas Marvel mirando atrás y poniéndose a gatas.

No vio más que las colinas vacías cubiertas de verdes arbustos de tojo movidos suavemente por el viento.

—¿Estoy borracho? —dijo el señor Marvel—. ¿Estoy teniendo visiones? ¿Estaba hablando solo? ¿Qué diablos…?

—No te alarmes —dijo una voz.

—A mí no me venga con cosas de ventrílocuo —dijo el señor Marvel poniéndose rápidamente de pie—. ¿Dónde está? ¡Que no me alarme, dice!

—No te alarmes —repitió la Voz.

—Usted es quien va a alarmarse dentro de un instante, estúpido —dijo Thomas Marvel—. ¿Dónde está? Deje que le eche la vista encima… ¿Es que está bajo tierra? —preguntó un instante después.

No hubo respuesta.

El señor Marvel permaneció descalzo y atónito, con la chaqueta desabrochada.

—Pi-bit —dijo una avefría, muy lejos.

—¡Pi-bit, dice! —dijo el señor Marvel—. No es momento para bromas.

El campo estaba solitario por el este, el oeste, el norte y el sur; la carretera, con sus cunetas poco profundas y bordeada de estacas blancas, estaba completamente desierta y, excepto por aquella avefría, el cielo azul estaba vacío también.

—Dios me valga —dijo Thomas Marvel arreglándose la chaqueta—. Es el vino. Debía habérmelo imaginado.

—No es el vino —dijo la Voz—. Calma esos nervios.

—¡Oh! —dijo el señor Marvel mientras su rostro palidecía bajo sus manchas—. Es el vino —repitieron sus labios sin hacer ningún ruido. Permaneció mirando alrededor, dándose la vuelta lentamente hacia atrás—. Hubiera jurado que he oído una voz —susurró.

—Claro que la has oído.

—Ahí está otra vez —dijo el señor Marvel cerrando los ojos y llevándose las manos a la frente con trágico ademán. De pronto sintió que le agarraban por el cuello y le sacudían violentamente. Quedó más aturdido que nunca.

—¡No seas idiota! —exclamó la Voz.

—Estoy… como una… maldita… regadera —dijo Marvel—. Es inútil. Todo esto me ocurre por haberme concentrado demasiado en las malditas botas. Estoy como una maldita regadera. O, de lo contrario, hay fantasmas por aquí.

—Ni una cosa ni otra —dijo la Voz—. ¡Escucha!

—Regadera.

—Un minuto —dijo la Voz esforzándose por dominar su irritación.

—¿Y bien? —dijo Thomas Marvel, con la extraña sensación de haber sido tocado en el pecho por un dedo.

—¿Crees que soy un producto de tu imaginación?

—¿Qué otra cosa puede ser? —respondió el señor Marvel rascándose el cogote.

—Muy bien —dijo la Voz con alivio—. Entonces te tiraré piedras hasta que cambies de opinión.

—Pero ¿dónde está?

La Voz no respondió. Pero una piedra llegó volando por los aires y, por milímetros, no aterrizó en el hombro del señor Marvel. Este, volviéndose, vio que otra piedra se levantaba del suelo, trazaba un círculo complicado, se detenía un instante y caía a sus pies con casi invisible rapidez. Estaba demasiado pasmado como para evadir el golpe. El pedrusco rebotó desde el dedo del pie hasta la cuneta. Thomas Marvel levantó el pie y dio un grito. Entonces echó a correr, tropezó con un obstáculo invisible y quedó sentado en el suelo.

—Dime —dijo la Voz, mientras una tercera piedra se elevaba y quedaba inmóvil en el aire sobre la cabeza de Marvel—, ¿soy un producto de tu imaginación?

El señor Marvel, por toda respuesta, se puso en pie y fue derribado inmediatamente de nuevo. Permaneció unos instantes sin moverse.

—Si intentas huir —dijo la Voz—, te tiraré la piedra a la cabeza.

—Es curioso —dijo Thomas Marvel, sentándose, acariciándose el pie herido con la mano y fijando la vista en el tercer proyectil—. No lo comprendo. Piedras que se levantan por sí solas. Piedras que hablan. Puedes bajar al suelo. Me rindo.

La tercera piedra cayó al suelo.

—Es muy sencillo —dijo la Voz—. Soy un hombre invisible.

—Dime algo que no sepa —dijo Marvel con un gemido—. ¿Dónde se ha escondido…? ¿Cómo lo hace…? No sé nada. Estoy vencido.

—Eso es todo —dijo la Voz—. Soy invisible. Eso es lo que quiero que comprendas.

—Eso lo ve cualquiera. No es necesario que se impaciente de ese modo, señor. Vamos, deme una idea. ¿Cómo se ha escondido?

—Soy invisible. Es la verdad. Y lo que quiero que comprendas es…

—Pero ¿dónde? —lo interrumpió el señor Marvel.

—Aquí. A unos seis metros de donde te encuentras tú.

—¡Vamos, vamos! No estoy ciego. ¿No intentará hacerme creer que está hecho de aire? No soy un vagabundo ignorante…

—Pues sí. Estoy hecho de aire. Estás mirando a través de mí.

—¿Qué? ¿Que no tiene cuerpo? ¿Es solo una voz?

—Soy un ser humano, sólido, que necesita comer y beber. Y también vestirse… Pero soy invisible. ¿Comprendes? Invisible. Es muy sencillo. Invisible.

—Pero ¿habla en serio?

—Sí, en serio.

—Dame una mano —dijo Marvel—, si es que eres de carne y hueso. Puede que no me resulte tan extraño. ¡Santo Dios! ¡Me has sobresaltado al agarrarme de ese modo!

Tocó con los dedos libres la mano que le sujetaba la muñeca y después recorrió íntimamente el brazo, sintió el contacto de un pecho musculoso y exploró un rostro barbudo. La cara de Marvel expresaba su estupefacción.

—¡Maldita sea! Esto es más maravilloso que una pelea de gallos —exclamó—. A través de su cuerpo puedo ver claramente un conejo a ochocientos metros de distancia. No hay ningún centímetro visible en toda su persona, excepto… —Escudriñó el espacio en apariencia vacío—. ¿Ha estado usted comiendo pan y queso? —preguntó sosteniendo el brazo invisible.

—Tienes razón. Mi cuerpo todavía no lo ha asimilado.

—¡Ah! —exclamó el señor Marvel—. De todas formas es impresionante.

—Todo esto no es tan extraordinario como crees.

—Resulta bastante extraordinario para mi modesta inteligencia —dijo Thomas Marvel con estupefacción—. ¿Cómo se las arregla? ¿Cómo demonios lo consigue?

—Es una historia demasiado larga. Y, además…

—¡Le digo que todo esto me deja de una pieza!

—Lo que quiero decirte es esto: necesito ayuda. Para eso he venido. Tropecé contigo de repente. Estaba vagando por aquí, loco de cólera, desnudo e impotente. Estaba dispuesto a matar a alguien… Y, de pronto, te vi…

—¡Dios! —dijo el señor Marvel.

—Llegué a tu lado, vacilé y volví de nuevo.

La expresión de los ojos del señor Marvel era elocuente.

—Entonces me detuve. «Aquí», me dije, «aquí hay un proscrito como yo. Este es el hombre que necesito». De modo que di media vuelta y me acerqué de nuevo. Y…

—¡Dios mío! —repitió el señor Marvel—. Mi cerebro es un torbellino. ¿Puedo preguntarle cómo lo consigue? ¿Y qué clase de ayuda necesita? ¡Invisible!

—Quiero que me ayudes a conseguir ropa y albergue y que me ayudes en otras cosas que me son necesarias. Si no estás dispuesto a hacerlo… Pero lo harás… No tienes más remedio.

—Mire —dijo el señor Marvel—. Estoy demasiado pasmado. No me zarandee más, y suélteme. Necesito tranquilizarme. Además, creo que me ha roto el dedo del pie. Todo esto es irrazonable. El campo está vacío, la atmósfera también. No hay nada visible en kilómetros a la redonda, excepto la madre Naturaleza. Y, de pronto, llega hasta mí una voz. ¡Una voz que sale del cielo! Y pedradas. Y un puño que no veo. ¡Dios!

—Reponte —dijo la Voz—, porque tienes que ayudarme.

El señor Marvel hinchó las mejillas y sus ojos se abrieron desmesuradamente.

—Te he escogido a ti —prosiguió la Voz—. Tú eres el único hombre, excepto unos cuantos idiotas del pueblo, que sabe que existe un hombre invisible. Tienes que ayudarme. Ayúdame y haré grandes cosas por ti. Un hombre invisible es un hombre poderoso. —Se interrumpió un momento para estornudar violentamente—. Pero si me traicionas, si no haces lo que te ordeno…

Hizo una pausa y golpeó levemente el hombro del señor Marvel, que dio un grito de terror al sentir el contacto de su mano.

—No deseo traicionarle —dijo el señor Marvel apartándose de los dedos invisibles—. No crea que quiero traicionarle. No deseo más que ayudarle. Dígame lo que quiere que haga. ¡Dios! Estoy dispuesto a hacer lo que usted quiera que haga.

10

La visita del señor Marvel a Iping

Cuando hubo pasado la primera oleada de pánico, el pueblo de Iping empezó a hacer conjeturas. El escepticismo resurgió, un escepticismo algo inquieto y no muy seguro de sí mismo, pero escepticismo al fin y al cabo. Es mucho más fácil no creer en la existencia de un hombre invisible y, en realidad, los que le habían visto disolverse en el aire o habían sentido la fuerza de su brazo podían contarse con los dedos de una mano. Y de estos testigos, el señor Wadgers se hallaba ausente por haberse encerrado en su casa bajo siete llaves, y Jaffers estaba sin sentido en la sala de huéspedes de The Coach and Horses. Las ideas grandes, extrañas y trascendentales a menudo impresionan menos a hombres y mujeres que las consideraciones más nimias y tangibles. Iping estaba alegre y engalanado, y todo el mundo se había vestido de fiesta. Durante un mes o más, los aldeanos habían estado esperando la llegada del lunes de Pentecostés. Por la tarde, hasta quienes creían en lo sobrenatural comenzaron a disfrutar tímidamente de sus inocentes entretenimientos, suponiendo que el hombre invisible se había marchado. Para los escépticos, su existencia era un mito. Pero todos, escépticos y creyentes, se mostraron extrañamente sociables durante aquel día.

El campo de Haysman se veía animado por un tenderete en el que la señora Bunting y otras mujeres preparaban té, mientras los niños de la escuela hacían carreras y jugaban bajo la vigilancia del vicario y de las señoritas Cuss y Sackbut. No cabe duda de que en el ambiente flotaba cierta intranquilidad, pero la mayoría de los aldeanos tenían el suficiente sentido común como para disimular cualquier temor imaginario que pudieran sentir. En la pradera del pueblo, una cuerda inclinada que, mediante una polea, le arrojaba a uno violentamente contra un saco en el otro extremo, tuvo gran éxito entre los adolescentes, así como los columpios y los puestos de tiro al coco. La gente también se dedicaba a pasear, y el órgano de vapor que estaba agregado a un pequeño tiovivo llenaba la atmósfera con un penetrante olor a aceite y con su música igualmente penetrante. Los socios del club, que habían ido a la iglesia por la mañana, estaban flamantes con sus escudos rosa y verde. Algunos de los más alegres se habían adornado el sombrero de copa con cintas de colores brillantes. Al viejo Fletcher, cuyas teorías acerca de las fiestas eran muy severas, podía vérsele a través de los jazmines que rodeaban su ventana o por la puerta abierta (a elección), de pie sobre un tablón sostenido por dos sillas, encalando el techo del vestíbulo de su casa.

A eso de las cuatro llegó al pueblo un desconocido procedente de las colinas. Era un hombrecillo bajo y grueso, con un sombrero de copa extraordinariamente raído y que, por lo visto, se hallaba sin aliento. Sus carrillos se hinchaban y deshinchaban alternativamente. Su pecoso rostro expresaba aprensión y todo él se movía con una presteza forzada. Dio la vuelta a la esquina de la iglesia y se dirigió a The Coach and Horses. El viejo Fletcher, entre otros, recuerda haberle visto. Tanto le extrañó su curiosa agitación que permitió de forma inadvertida que un poco de cal le cayera dentro de la manga de la chaqueta mientras le miraba.

Según observó el propietario del puesto de tiro al coco, aquel forastero parecía hablar solo, algo que el señor Huxter también advirtió. Se detuvo a la puerta de The Coach and Horses y, según el señor Huxter, pareció librar una lucha interna antes de decidirse a entrar en la casa. Por fin, subió los escalones y el señor Huxter vio que se dirigía hacia la izquierda y abría la puerta de la sala de huéspedes. El señor Huxter oyó que, desde el interior de aquella habitación y desde el bar, algunos parroquianos advertían al hombre de su error.

—¡Esa habitación es privada! —dijo Hall.

El forastero cerró la puerta con torpeza y entró en el bar. Unos minutos después reapareció, secándose los labios con el reverso de la mano y con un aire de satisfacción que al señor Huxter le pareció fingido. Permaneció unos momentos mirando alrededor y, después, el señor Huxter le vio dirigirse de un modo curiosamente furtivo a la puerta del patio al que daba la sala. Después de una breve vacilación, el forastero se apoyó en la puerta, sacó una pipa y se puso a llenarla. Sus dedos temblaban mientras lo hacía. La encendió torpemente y, cruzando los brazos, comenzó a fumar con una lánguida actitud que sus ocasionales y rápidas miradas al patio desmentían.

El señor Huxter vio todo esto desde detrás del escaparate en el que hacía despliegue de sus existencias de tabaco, y la singularidad de la conducta de aquel hombre le impulsó a continuar con su observación.

De pronto, el forastero se puso en pie y se metió la pipa en el bolsillo. En seguida penetró en el patio. De inmediato, el señor Huxter, imaginando ser testigo de algún hurto, saltó de detrás del mostrador y salió dispuesto a detener al ladrón. Mientras tanto, el señor Marvel reapareció con el sombrero torcido, un bulto envuelto en un mantel azul en una mano y tres libros atados juntos (con los tirantes del vicario, según se demostró más tarde) en la otra. Al ver a Huxter, emitió un sonido entrecortado y, volviéndose bruscamente hacia la izquierda, echó a correr.

—¡Al ladrón! —gritó Huxter corriendo en pos de él.

Las sensaciones del señor Huxter fueron intensas pero breves. Vio al hombre a corta distancia, corriendo hacia la esquina de la iglesia. Vio más allá las banderitas de los festejos y solo uno o dos rostros se volvieron hacia él. Gritó de nuevo «¡Al ladrón!», y continuó valerosamente la persecución. No había dado diez pasos, cuando sintió que le cogían por una pierna de un modo misterioso y ya no corrió, sino que voló a increíble velocidad por el espacio. De pronto vio el suelo debajo de sus narices. Le pareció que el mundo se dividía en un millón de motas de luz y «los acontecimientos subsiguientes dejaron de interesarle».

11

En The Coach and Horses

Para comprender claramente lo que había ocurrido en la posada, es necesario volver al momento en que el señor Marvel apareció por primera vez ante la vista del señor Huxter.

En aquel preciso instante el señor Cuss y el señor Bunting estaban en la sala de huéspedes investigando concienzudamente los extraños sucesos de la mañana y, con el permiso del señor Hall, hacían un examen minucioso de las posesiones del hombre invisible. Jaffers se había repuesto en parte de su caída y se había retirado a su casa al cuidado de unos cuantos amigos compasivos. El señor Hall había recogido las prendas de ropa desperdigadas y había puesto en orden la estancia. Y, sobre la mesa que había junto a la ventana, donde el forastero solía trabajar, Cuss había encontrado inmediatamente tres grandes manuscritos con una etiqueta en la que se leía DIARIO.

—¡Diario! —exclamó Cuss, poniendo los tres libros sobre la mesa—. Ahora nos enteraremos de algo.

El vicario estaba de pie, con las manos sobre la mesa.

—¡Diario! —repitió Cuss, sentándose, colocando dos libros de forma que soportaran al tercero y abriendo este—. ¡Hum! No hay palabra alguna en la primera hoja. ¡Maldición! Está cifrado. Y lleno de números.

El vicario se dispuso a mirar por encima de su hombro y Cuss pasó las hojas con la decepción retratada en el rostro.

—Yo… ¡Válgame Dios! Está todo cifrado, Bunting.

—¿No hay diagramas? —preguntó el señor Bunting—. ¿No hay dibujos que arrojen un poco de luz…?

—Véalo usted mismo —repuso el señor Cuss—. Casi todo lo que hay aquí son matemáticas, y lo demás está escrito parte en ruso o en un idioma semejante, a juzgar por los caracteres, y parte en griego. Yo tenía entendido que usted…

—Claro —dijo el señor Bunting sacando sus gafas, limpiándolas y sintiéndose de pronto muy molesto porque el griego que él sabía era bastante escaso—. Sí… el griego, naturalmente, puede darnos la clave.

—Le buscaré un párrafo.

—Yo creo que deberíamos echarles primero una mirada general —dijo Bunting sin dejar de limpiarse las gafas—. Creo que una impresión general en primer lugar será lo más conveniente, Cuss. Después ya buscaremos las claves.

Tosió, se puso las gafas, se las colocó con sumo cuidado, tosió de nuevo y deseó que ocurriera algo para evitar la por lo visto inevitable humillación. Después, cogió sin precipitación el libro que Cuss le tendía. Y entonces, en efecto, algo ocurrió.

La puerta se abrió de pronto.

Los dos hombres se sobresaltaron violentamente, miraron alrededor y se sintieron aliviados al ver un rostro rubicundo bajo un sombrero de seda adornado con piel.

—¿El lavabo? —preguntó el poseedor de aquel rostro.

—No —respondieron los dos hombres al mismo tiempo.

—Por el lado opuesto, amigo —dijo el señor Bunting.

—Y, por favor, cierre la puerta —añadió el señor Cuss irritado.

—Está bien —dijo el intruso en voz baja, extrañamente distinta de la que había utilizado al hacer su primera pregunta—. Tienen razón —siguió diciendo con la misma voz que al principio—. Aparte.

Y con esto desapareció, cerrando la puerta.

—Supongo que se trata de un marinero —dijo el señor Bunting—. Son unos individuos muy curiosos. Supongo que eso de «Aparte» será en esta ocasión algún término náutico que se refiere a la salida de la habitación.

—Eso debe de ser —dijo Cuss—. Hoy tengo los nervios deshechos. Me ha sobresaltado que la puerta se abriera de ese modo.

El señor Bunting sonrió como si él no se hubiera sobresaltado.

—Y ahora —dijo con un suspiro—, sigamos con los libros.

—Un momento —dijo Cuss, levantándose para cerrar la puerta con llave—. Creo que ahora estamos a salvo de interrupciones.

Cuando acabó de hablar, alguien se sorbió la nariz.

—Una cosa es indiscutible —dijo Bunting acercando su silla a la de Cuss—. Han estado ocurriendo en Iping cosas muy extrañas últimamente; muy extrañas… Por supuesto, no puedo creer en esa absurda historia de la invisibilidad…

—Es increíble —asintió Cuss—. Increíble. Pero existe el hecho de que yo vi el interior de su manga…

—Pero… ¿está seguro…? Por ejemplo, un espejo… Es muy fácil producir alucinaciones. No sé si ha visto usted alguna vez a un buen prestidigitador…

—No quiero empezar a discutir otra vez —dijo Cuss—. Ya hemos hablado de eso, Bunting, y ahora tenemos que estudiar estos libros. ¡Ah! Aquí está lo que yo creo que es griego. Por lo menos, son letras griegas.

El señor Bunting enrojeció ligeramente y acercó los ojos al

libro fingiendo no ver bien. El pobre hombre apenas sabía algunas palabras de griego y creía firmemente que todo el mundo se hallaba convencido de que conocía a la perfección los clásicos griegos y hebreos. Y ahora… ¿confesaría? ¿Inventaría? De pronto sintió algo extraño en la nuca. Intentó mover la cabeza y tropezó con una resistencia inamovible.

Se trataba de una fuerte presión, la de una mano pesada y firme que le empujaba la cabeza irrefrenablemente hacia la mesa.

—¡No se muevan, hombrecillos —murmuró una voz—, o los asesino a los dos!

Bunting contempló la cara de Cuss, que se hallaba junto a la suya en la misma postura, y leyó en ella el reflejo horrorizado de su propia estupefacción.

—Lamento tener que tratarlos con brusquedad —prosiguió la Voz—. Pero es inevitable. ¿Desde cuándo acostumbran a curiosear en los cuadernos personales de un investigador? —Las dos barbillas golpearon simultáneamente la mesa y las dos dentaduras castañetearon—. ¿Desde cuándo acostumbran invadir las habitaciones privadas de un hombre desgraciado? —Los golpes se repitieron—. ¿Dónde han puesto mi ropa? Escuchen, las ventanas están cerradas y he quitado la llave de la puerta. Soy un hombre fuerte y tengo el atizador de la chimenea a mano; eso sin contar con que soy invisible. No cabe la menor duda de que podría matarlos a los dos y marcharme tranquilamente si quisiera. ¿Comprenden? Muy bien. Si les perdono la vida, ¿me prometen no hacer tonterías y sí lo que les ordene?

El vicario y el médico se miraron, y el segundo hizo una mueca.

—Sí —dijo el señor Bunting.

El médico le imitó. Entonces se aflojó la presión que sentían en el cuello y los dos hombres se enderezaron, ambos con la cara muy roja y moviendo el cuello.

—Por favor, sigan sentados donde están —dijo el hombre invisible—. Aquí está el atizador. Cuando he entrado en esta habitación —continuó, después de acercar el arma a la punta de la nariz de cada uno de sus visitantes—, no esperaba hallarla ocupada. Y sí encontrar, además de mis libros de apuntes, toda mi ropa. ¿Dónde está? No; no se levanten. Ya veo que está aquí. De momento, aunque los días son bastante cálidos y un hombre invisible puede andar desnudo de un lado para otro, las noches son frías. Necesito ropa y varias cosas. Y necesito esos tres libros.

12

El hombre invisible pierde la paciencia

Es inevitable que, al llegar a este punto, la narración se interrumpa de nuevo por una razón lamentable que se hará evidente más adelante. Mientras estos sucesos tenían lugar en la sala, mientras el señor Huxter vigilaba al señor Marvel, que fumaba su pipa apoyado en la puerta, el señor Hall y Teddy Henfrey, a una docena de metros de distancia, comentaban intrigados todo lo que había sucedido en Iping.

De pronto, oyeron un golpe violento en la puerta de la sala, un grito agudo y, después, el silencio.

—¡Vaya! —dijo Teddy Henfrey.

—¡Vaya! —dijeron desde el mostrador.

El señor Hall comprendía las cosas despacio pero, cuando lo hacía, era infalible.

—Hay algo que no va bien —dijo saliendo de detrás del mostrador y acercándose a la puerta de la sala.

Teddy le siguió y ambos se pusieron a escuchar, interrogándose con los ojos.

—Algo pasa —dijo Hall.

Hasta ellos llegaron oleadas de un desagradable olor de cosa química y el sonido ahogado de una conversación rápida e ininterrumpida.

—¿Están bien? —preguntó Hall golpeando la puerta.

La conversación cesó bruscamente. Durante unos instantes, se hizo el silencio y en seguida volvieron a oírse murmullos sibilantes entre los que se distinguió con claridad que alguien exclamaba: «¡No! ¡No haga eso!». Oyeron después el ruido de una silla al caer al suelo y una breve lucha. A continuación se hizo de nuevo el silencio.

—¿Qué demonios…? —exclamó Henfrey en voz baja.

—¿Están bien? —preguntó Hall de nuevo.

La voz del vicario respondió con una curiosa entonación sobresaltada:

—Perfectamente. Por favor, no interrumpan.

—¡Qué extraño! —dijo el señor Henfrey.

—¡Qué extraño! —repitió el señor Hall.

—Ha dicho que no interrumpamos —dijo Henfrey.

—Ya lo he oído.

—Y alguien se ha sorbido la nariz —añadió Henfrey.

Siguieron escuchando. La conversación era rápida y en voz baja.

—No puedo —dijo el señor Bunting elevando la voz—. Le digo, señor, que no quiero.

—¿Qué ha dicho? —preguntó Henfrey.

—Que no quiere —respondió Hall—. No nos hablaba a nosotros, ¿verdad?

—¡Desgraciado! —exclamó Bunting desde dentro.

—Desgraciado —repitió Henfrey—. Lo he oído claramente.

—¿Quién es el que habla ahora?

—Supongo que el señor Cuss. ¿Oye usted algo?

Silencio. Los sonidos llegaban hasta ellos confusos y embrollados.

—Parece como si arrastrasen la mesa —dijo Hall.

La señora Hall apareció detrás del mostrador. Su marido le hizo señas de que guardara silencio y escuchara, lo que produjo la instantánea oposición de la señora Hall.

—¿Qué es lo que estás escuchando, Hall? ¿No tienes otra cosa que hacer en un día tan ajetreado como el de hoy?

Hall intentó explicarle lo que ocurría valiéndose de muecas y gestos, pero la señora Hall era obstinada y levantó la voz. Por lo que Hall y Henfrey, bastante cabizbajos, se acercaron al bar de puntillas, gesticulando para explicarle lo que ocurría.

Al principio ella se negó a creer que lo que habían oído tuviera la menor importancia, y después insistió en que Hall guardara silencio mientras Henfrey hablaba. Se sentía inclinada a pensar que todo aquello eran tonterías y que quizá los de dentro estuvieran simplemente moviendo las sillas.

—Le oí decir «desgraciado» —dijo Hall.

—Yo también lo oí, señora Hall —dijo Henfrey.

—Probablemente... —comenzó la señora Hall.

—¡Chis! —dijo Teddy Henfrey—. ¿No han oído la ventana?

—¿Qué ventana? —preguntó la señora Hall.

—La de la sala —respondió Henfrey.

Los tres permanecieron aguzando el oído. Los ojos de la señora Hall miraron, sin ver, el brillante rectángulo de la puerta de la posada, la carretera blanca y la tienda de Huxter iluminada por el sol de junio. De pronto, la puerta de la tienda se abrió y apareció el dueño en persona con los ojos brillantes de emoción y gesticulando con los brazos.

—¡Al ladrón! —gritó, echando a correr oblicuamente hacia la puerta del patio, y desapareció.

En aquel momento, oyeron un tumulto en la sala y el ruido de una ventana que se cerraba.

Hall, Henfrey y todo el humano contenido del bar salieron atropelladamente a la calle. Vieron a un hombre que daba la vuelta a la esquina hacia la carretera y contemplaron después cómo el señor Huxter ejecutaba un complicado salto en el aire y terminaba dando con la cabeza y el hombro en el suelo. En la calle, la gente los miraba con asombro y algunos comenzaron a correr hacia ellos.

El señor Huxter estaba sin sentido. Henfrey lo descubrió al acercarse, pero Hall y dos empleados del bar más se abalanzaron hacia la esquina gritando frases incoherentes y alcanzaron a ver al señor Marvel, que desaparecía por detrás del muro de la iglesia. Por lo visto, llegaron a la conclusión de que se trataba del hombre invisible hecho de nuevo visible, por lo que inmediatamente echaron a correr en su persecución. Pero Hall no había corrido una docena de metros cuando dio un grito de asombro y cayó de cabeza hacia un lado, agarrando al caer a uno de los empleados y tirándolo al suelo. Le habían empujado como si estuviera jugando al fútbol. El segundo empleado se acercó, miró y, creyendo que Hall había caído por sí mismo, se dispuso a proseguir la persecución. Pero no consiguió con ello más que recibir una zancadilla como la que recibiera Huxter. Después, cuando el primer empleado intentó ponerse en pie, cayó al suelo al recibir un golpe capaz de derribar a un buey.

En el momento en que caía, todo un grupo de hombres que venía del pueblo dobló la esquina. El primero en aparecer fue el propietario del puesto de tiro al coco, un hombre corpulento vestido con un jersey azul marino. Quedó perplejo al ver que el lugar estaba desierto y que allí no había más que tres hombres absurdamente tendidos en el suelo. Entonces algo le ocurrió a uno de sus pies y cayó de cabeza, rodando de lado en el suelo justo a tiempo de agarrarse a los pies del hombre que tenía al lado, que cayó a su vez. Todos los aldeanos que los seguían precipitadamente los golpearon, cayeron sobre ellos y los maldijeron.

Mientras tanto, cuando Hall, Henfrey y los empleados salieron de la casa, la señora Hall, que tenía años de experiencia, había permanecido junto al mostrador pegada a la caja que contenía el dinero. De pronto, se abrió la puerta de la sala y apareció en ella el señor Cuss, que, sin mirarla, bajó corriendo los escalones y se dirigió hacia la esquina.

—¡Detenedle! —gritó Cuss—. ¡Que no suelte el paquete! ¡No le perdáis de vista mientras tenga el paquete en la mano!

Ignoraba la existencia de Marvel, a quien el hombre invisible había entregado los libros y el paquete en el patio. La expresión del señor Cuss era colérica y decidida, pero su indumentaria dejaba bastante que desear, ya que se limitaba a una especie de enagüilla suelta cuyo uso solo hubiera sido adecuado en Grecia.

—¡Detenedle! —gritó—. ¡Se ha llevado mis pantalones! ¡Y toda la ropa del vicario!

—En seguida le atiendo —le dijo a Henfrey al pasar junto al postrado Huxter.

Pero al dar la vuelta a la esquina para unirse con los demás perseguidores, fue golpeado, perdió el equilibrio y cayó indecorosamente al suelo con los brazos y los pies extendidos. Uno de los que huían le pisó fuerte un dedo. Soltó un aullido, luchó por ponerse de pie, fue arrojado de nuevo al suelo y se dio cuenta de que no estaba tomando parte en una captura, sino en una huida. Todo el mundo volvía corriendo hacia el pueblo. Se levantó de nuevo y le golpearon violentamente detrás de una oreja. Se tambaleó y echó a correr en dirección a la posada, saltando sobre el abandonado Huxter, que, al fin, había conseguido sentarse.

Cuando hubo subido la mitad de los escalones de la posada, oyó a su espalda un repentino aullido de rabia que se elevó por encima de toda la confusión de gritos, acompañado por el eco de una sonora bofetada. Reconoció la voz del hombre invisible. La entonación era la de un hombre enfurecido por el dolor.

Un segundo después, el señor Cuss estaba de nuevo en la sala.

—¡Ya vuelve, Bunting! —dijo entrando precipitadamente en la estancia—. ¡Sálvese!

El señor Bunting se hallaba de pie junto a la ventana, esforzándose por cubrirse con la estera de la chimenea y un número de la *Gaceta del oeste de Surrey*.

—¿Quién vuelve? —dijo, tan asustado que su vestimenta estuvo a punto de desintegrarse.

—El hombre invisible —dijo Cuss corriendo hacia la ventana—. Más vale que nos vayamos de aquí. ¡Está luchando como un loco! ¡Como un loco!

Un instante después, el médico se encontraba en el patio.

—¡Cielo santo! —exclamó Bunting vacilando entre dos horribles alternativas.

Hasta sus oídos llegó el eco de una furiosa lucha en el pasillo de la posada y entonces se decidió inmediatamente. Trepó por la ventana, se sujetó el improvisado traje lo mejor que pudo y echó a correr tan deprisa como sus gordezuelas piernas se lo permitieron.

Desde el instante en que el hombre invisible gritó de rabia y el señor Bunting emprendió su memorable huida por el pueblo, es imposible hacer un relato consecutivo de los sucesos que tuvieron lugar en Iping. Es posible que la intención original del hombre invisible fuera cubrir la retirada a Marvel, que iba cargado con la ropa y los libros. Pero su paciencia, que nunca fue muy grande, desapareció por completo cuando recibió un puñetazo por azar, de modo que se dedicó a golpear y tirar al suelo a los dos aldeanos por la simple satisfacción de hacer daño.

Es necesario imaginarse la calle llena de gente en retirada, de puertas que se cerraban de golpe y de disputas por hallar un lugar donde esconderse. El tumulto rompió el equilibrio inestable del tablón que el viejo Fletcher había colocado sobre dos sillas y los resultados fueron catastróficos. Una pareja aterrorizada quedó balanceándose en lo alto de un columpio. Pero, un momento después, todo el alboroto había cesado y la calle principal de Iping, con sus farolillos y banderas, estaba desierta, si se exceptúa la presencia del iracundo hombre invisible, y el suelo cubierto de cocos, tenderetes volcados y todo el contenido de un puesto de golosinas. Por todas partes se oían ruidos de persianas que se bajaban y de cerrojos corridos, y la única humanidad visible era, de vez en cuando, algún ojo fugaz, bajo una ceja alzada por el pasmo, tras el cristal de una ventana.

El hombre invisible se divirtió durante un rato destrozando todas las ventanas de The Coach and Horses y después rompió la ventana del salón de la señora Gribble con una farola. Debió de ser él quien cortó los hilos del telégrafo que ponían al pueblo en comunicación con Adderdean, cerca de la casa de Higgins, junto a la carretera de Adderdean. Después de esta hazaña, quedó fuera del alcance de la humana percepción. En Iping no se le volvió a ver, ni a oír, ni a sentir. Se desvaneció completamente.

Pero pasaron más de dos horas antes de que ningún ser humano se aventurara de nuevo a poner el pie en la desolación de las calles de Iping.

13

El señor Marvel presenta su dimisión

A la caída de la tarde, cuando Iping comenzaba a resurgir tímidamente de entre las ruinas de su destruido día festivo, un hombrecillo
cubierto con un sombrero de seda raído andaba penosamente en la
penumbra por los hayedos de la carretera de Bramblehurst. Llevaba
en la mano tres libros atados por una ligadura elástica curiosamente
decorativa y un bulto envuelto en un mantel azul. Su rostro rubicundo expresaba consternación y fatiga, y parecía tener una prisa
espasmódica. Iba acompañado por una voz que no era la suya y,
de vez en cuando, se estremecía por el contacto de manos invisibles.

—Si te escapas de nuevo —dijo la Voz—, si intentas escapar-
te de nuevo…

—¡Santo Dios! —exclamó el señor Marvel—. Suélteme el
hombro. Lo tengo lleno de cardenales.

—Te juro —prosiguió la Voz— que te mataré.

—No he intentado escaparme —respondió Marvel, cuya voz
daba a entender que, de un momento a otro, iba a echarse a llo-
rar—. Se lo juro. Lo que ocurrió fue que no conocía el camino.
¿Cómo demonios iba a conocerlo? Me golpearon…

—Si no andas con cuidado te van a golpear mucho más —dijo
la Voz.

Con esto el señor Marvel quedó reducido al silencio. Su rostro se alargó y sus ojos expresaron elocuentemente su desesperación.

—Ya tengo bastante con que aquellos patanes escudriñaran mi secreto y no pienso permitir que tú te escapes con mis libros. ¡Han tenido suerte al poder huir! Y ahora… ¡Antes nadie sabía que era invisible! ¿Qué voy a hacer ahora?

—¿Y qué haré yo? —preguntó Marvel en voz baja.

—Todo el mundo lo sabe ya. ¡Saldrá en los periódicos! Me buscarán. ¡Por todas partes están a la defensiva!

La Voz rompió en imprecaciones y calló bruscamente. La desesperación reflejada en los ojos del señor Marvel se hizo más profunda y su paso mucho más lento.

—Apresúrate —dijo la Voz.

La cara del señor Marvel asumió un tinte grisáceo entre las manchas rojizas.

—¡No dejes caer los libros, estúpido! —dijo la Voz de repente—. Lo cierto es —prosiguió— que tendré que valerme de ti… Eres un cómplice que deja bastante que desear, pero no tengo otro remedio.

—Soy un cómplice desgraciado —dijo Marvel.

—Efectivamente —afirmó la Voz.

—Soy el peor cómplice que podía usted haber encontrado. Y no soy fuerte —añadió después de un silencio descorazonador—. No soy muy fuerte —repitió.

—¿No?

—Tengo el corazón débil. ¡Hay que ver lo que me ha obligado a hacer…! He pasado por ello, desde luego, pero le aseguro que hubiera podido morirme…

—¿Y qué?

—No tengo ni el valor ni la fuerza necesarios para lo que usted necesita…

—¡Yo te estimularé!

—Preferiría que no lo hiciera. No me gustaría ser un estorbo, ni estropear sus planes, pero si sigo sintiéndome como me siento…

—Más te vale no hacerlo —dijo la Voz con énfasis.

—Quisiera morirme —dijo Marvel—. Esto no es justo, debe reconocerlo… Creo que tengo el perfecto derecho…

—Vamos, no te detengas —dijo la Voz.

El señor Marvel apretó el paso y, durante un cierto espacio de tiempo, anduvieron en silencio.

—Es muy duro para mí… —comenzó el señor Marvel de nuevo. Sus palabras no surtieron ningún efecto, por lo que intentó una táctica—. ¿Qué gano con ello? —preguntó con tono ultrajado.

—¡Oh! ¡Cállate! —dijo la Voz con extraordinario vigor—. Yo me ocuparé de ti. No tienes que hacer más que obedecerme, y lo harás. Eres bastante lerdo, pero me servirás para lo que necesito.

—Le repito, señor…, que no soy el hombre adecuado. Con todo respeto se lo aseguro…

—Si no te callas, te retorceré la muñeca de nuevo —dijo el hombre invisible—. Necesito pensar.

Poco después, aparecieron ante su vista dos luces rectangulares entre los árboles y, a pesar de la semioscuridad, pudieron ver la torre cuadrada de una iglesia.

—Voy a ponerte la mano encima del hombro —dijo la Voz— mientras estemos en este pueblo. Limítate a atravesarlo y no intentes darme esquinazo. De lo contrario será peor para ti.

—Ya lo sé —suspiró Marvel—. Todo eso ya lo sé.

El hombrecillo de aspecto desgraciado, cubierto con su anticuado sombrero de seda, atravesó con sus bultos la calle principal de la aldea y se perdió en la creciente oscuridad situada más allá de sus ventanas.

14

En Port Stowe

A las diez de la mañana del día siguiente, el señor Marvel, sin afeitar, sucio y lleno de manchas por el viaje, con aspecto cansado, nervioso e inquieto, e hinchando sus carrillos a frecuentes intervalos, estaba sentado, con las manos en los bolsillos, en un banco junto a una pequeña posada en las afueras de Port Stowe. Los libros estaban a su lado, pero ahora iban atados con una cuerda. El otro bulto había sido abandonado en el bosque de pinos que se alzaba en las afueras de Bramblehurst, ya que el hombre invisible había cambiado de planes. El señor Marvel estaba sentado en aquel banco y, aunque nadie le prestaba la menor atención, su agitación seguía siendo evidente y se llevaba las manos repetidamente a sus diversos bolsillos con movimientos nerviosos.

Llevaba sentado alrededor de una hora cuando un marino de cierta edad salió de la posada con un periódico en la mano y se sentó a su lado.

—¡Magnífico día! —dijo.

Marvel miró alrededor con algo parecido al pánico.

—Mucho —respondió.

—La temperatura ideal para la época del año en que estamos

—prosiguió el marinero, dispuesto a no darse por enterado de ningún desaire.

—Efectivamente —dijo Marvel.

El marinero sacó un mondadientes que le mantuvo ocupado durante algunos minutos. Mientras tanto, sus ojos examinaron libremente la figura polvorienta del señor Marvel y los libros que se hallaban a su lado. Al acercarse, había oído un sonido como de monedas que chocan entre sí y le extrañó el contraste entre el aspecto del señor Marvel y aquel ruido que insinuara opulencia. Pero su mente volvió en seguida al tema que se había apoderado de su imaginación.

—¿Libros? —preguntó de pronto, dando ruidosamente por concluido el uso del mondadientes.

El señor Marvel se sobresaltó y los miró.

—¡Ah, sí! —dijo—. Sí, son libros.

—Se leen cosas extraordinarias en algunos libros —dijo el marinero.

—Ya lo creo —asintió Marvel.

—Y también se leen cosas extraordinarias en lo que no son libros.

—Cierto también —repuso el señor Marvel.

Dirigió la vista a su interlocutor y luego miró en torno.

—En los periódicos, por ejemplo, se leen cosas extraordinarias —insistió el marinero.

—Sí.

—En este periódico.

—¡Ah! —exclamó Marvel.

—Viene en él una historia… —prosiguió el marinero fijando en el señor Marvel una mirada firme y escrutadora—. Viene una historia sobre un hombre invisible.

El señor Marvel torció el gesto, se rascó la mejilla y sintió que sus orejas enrojecían.

—¿Y qué será lo próximo? —preguntó débilmente—. ¿Eso ha sido en Austria o en América?

—Ni en un sitio ni en otro —dijo el marinero—. Aquí.

—¡Dios! —exclamó Marvel, asustado.

—Cuando digo aquí —explicó el marinero haciendo que el señor Marvel experimentara un profundo alivio—, no me refiero, naturalmente, a este preciso lugar. Quiero decir en los alrededores.

—¡Un hombre invisible! —dijo el señor Marvel—. ¿Y qué ha hecho?

—De todo —respondió el marinero sin dejar de mirar a Marvel.

—No he leído un periódico desde hace cuatro días —dijo Marvel.

—Primero apareció en Iping.

—¿Ah, sí?

—Allí apareció, pero nadie sabe de dónde salió. Aquí lo tiene. «Extraños sucesos en Iping». Dice el periódico que la evidencia es extraordinariamente fuerte. Extraordinariamente.

—¡Dios mío!

—Hay que reconocer que es una historia extraordinaria. Hay un cura y un médico entre los testigos más importantes. Le vieron perfectamente…, es decir, no le vieron. Dicen que estaba alojado en la posada The Coach and Horses y que nadie se había enterado de su desgracia hasta que se produjo un barullo en la posada y se arrancó los vendajes de la cabeza. Entonces se observó que era invisible. Intentaron prenderle, pero dice el periódico que, al quitarse la ropa, consiguió escapar, aunque después de una lucha desesperada durante la cual causó varias heridas de importancia a nuestro digno y eficiente alguacil, el señor J. A. Jaffers. ¿Qué le parece? Dan nombres y todo.

—¡Dios mío! —exclamó el señor Marvel mirando con nerviosismo alrededor. Intentó contar el dinero que tenía en los bolsillos ayudándose del sentido del tacto y, en aquel momento, se le ocurrió una idea nueva—. Me parece asombroso.

—¿Verdad que sí? Yo diría que extraordinario. Nunca había oído hablar de un hombre invisible; pero hoy en día se oyen tantas cosas extraordinarias que…

—¿Y no ha hecho nada más? —preguntó Marvel, aparentando tranquilidad.

—Ya es bastante, ¿no le parece? —dijo el marinero.

—¿No volvió, por casualidad? ¿Se escapó y nada más?

—¡Nada más! —repitió el marinero—. ¿Acaso no cree que es suficiente?

—Sí, sí, desde luego —dijo Marvel.

—A mí me parece suficiente. Y más que suficiente.

—¿No tenía ningún cómplice? ¿Dice el periódico si tenía algún cómplice? —preguntó el señor Marvel con ansiedad.

—¿No le parece que con uno solo ya basta? —dijo el marinero—. No, gracias a Dios, no lo tenía. —Negó con la cabeza lentamente—. La idea de que ese hombre anda suelto por el país me produce cierta inquietud. Es evidente que ahora va fugitivo y se supone que se dirige hacia Port Stowe. ¡Estamos mezclados en ello! Esta vez no se trata de ninguna noticia sensacional americana. ¡Y piense en todo lo que puede hacer! ¿Qué haría usted si se le ocurriera atacarle? Él puede meterse donde quiera; puede robar, atravesar un cordón de policías con la misma facilidad con que usted y yo podríamos dar esquinazo a un ciego. ¡Con mucha más facilidad! Porque los ciegos tienen un oído excepcional, según tengo entendido.

—Sí, ser invisible tiene tremendas ventajas —dijo el señor Marvel—. Y…

—Como usted dice —dijo el marinero—, las tiene.

El señor Marvel había estado mirando alrededor todo el tiempo, intentando oír pisadas y sorprender algún movimiento imperceptible. Parecía estar a punto de tomar una resolución. Se llevó la mano a la boca y tosió. Miró de nuevo en torno suyo, escuchó, se inclinó hacia el marinero y bajó la voz.

—La verdad es que yo sé una o dos cosas sobre este hombre invisible. Las sé de fuente privada.

—¡Oh! —exclamó el marinero—. ¿Usted?

—Sí, yo.

—¡Ah! ¿Sí? ¿Y puedo preguntarle…?

—Se quedaría pasmado —murmuró el señor Marvel tapándose la boca con la mano—. Es algo tremendo.

—¿De verdad?

—El hecho es… —comenzó el señor Marvel con ansiedad y en tono confidencial. De pronto su expresión cambió—. ¡Oh! —exclamó. Se levantó de su asiento y su rostro expresó elocuentemente un profundo sufrimiento físico—. ¡Ay!

—¿Qué ocurre? —preguntó el marinero con interés.

—Dolor de muelas —respondió Marvel llevándose la mano a la oreja. En seguida cogió los libros—. Me parece que tengo que marcharme.

Dio un extraño rodeo al asiento al separarse de su interlocutor.

—Pero iba usted a decirme algo sobre el hombre invisible —protestó el marinero.

El señor Marvel pareció consultar consigo mismo.

—Mentira —dijo una voz.

—Es mentira —respondió el señor Marvel.

—Pero ¡lo dice el periódico! —insistió el marinero.

—Es mentira, de todos modos —dijo Marvel—. Conozco

al hombre que inventó el rumor. No existe ningún hombre invisible.

—Pero ¿qué me dice del periódico? No pretenderá hacerme creer que…

—Ni una palabra es verdad —dijo Marvel enfáticamente.

El marinero se quedó contemplándolo con el periódico en la mano, y Marvel miró alrededor con insistencia.

—Un momento —dijo el marinero levantándose y hablando muy despacio—. ¿De manera que…?

—Sí.

—Entonces, ¿por qué permitió que le contara toda la historia? ¿Qué se proponía dejándome hacer el ridículo de ese modo?

El señor Marvel tragó saliva. El marinero había enrojecido de cólera y apretaba los puños.

—Llevo diez minutos hablando con usted, viejo estúpido, y no ha tenido la cortesía elemental de…

—¡No me venga a mí con esas! —dijo el señor Marvel.

—¡Venirle con esas! Estoy pensando que…

—Vamos —dijo una voz.

El señor Marvel fue repentinamente zarandeado y echó a andar a trompicones.

—Más vale que se vaya —dijo el marinero.

—¿Quién tiene que marcharse? —preguntó el señor Marvel, que ahora se alejaba con paso extrañamente apresurado y dando saltitos de vez en cuando como si alguien le empujara.

Al llegar a la carretera se oyó un monólogo compuesto de protestas y recriminaciones.

—¡Idiota! —exclamó el marinero con las piernas abiertas y los brazos en jarras, contemplando la figura que se alejaba—. ¡Ya le enseñaré, imbécil, a tratarme de embustero! ¡Si lo dice el periódico!

El señor Marvel respondió algo incoherente y pronto quedó oculto tras un recodo de la carretera. El marinero permaneció donde estaba hasta que el carro de un carnicero le obligó a echarse a un lado. Entonces se volvió hacia Port Stowe.

«Esta región está llena de cretinos —dijo para sí—; ese vagabundo no quería más que confundirme. ¡Si lo dice el periódico!».

Pronto habría de enterarse de que, muy cerca de donde él estaba, había ocurrido otro suceso extraordinario. Este fue la visión de un puñado de dinero (nada menos) que andaba por sí solo junto al muro que hacía esquina con la Cuesta de San Miguel. Otro marinero lo había visto aquella misma mañana. Se abalanzó inmediatamente sobre el dinero y recibió un golpe que lo hizo caer de cabeza al suelo. Cuando consiguió ponerse en pie, el dinero volante se había desvanecido. Nuestro marinero estaba dispuesto a creer cualquier cosa, pero aquello ya era un poco fuerte. Sin embargo, más tarde empezó a recapacitar.

La historia del dinero que volaba era cierta. Y en todo el vecindario aquel día habían desaparecido cantidades de dinero a puñados, de tiendas y posadas, e incluso de la augusta London and Country Banking Company. El dinero se iba volando con sigilo junto a los muros y por los lugares menos iluminados y desaparecía inmediatamente de la vista de los mortales. Y, aunque nadie pudo averiguarlo, todo aquel dinero terminó invariablemente sus misteriosos vuelos en el bolsillo del agitado vagabundo cubierto con su anticuado sombrero de seda que se hallaba sentado a la puerta de la posada, en las afueras de Port Stowe.

Diez días después, cuando la historia de Burdock era ya vieja, el marinero relacionó todos estos hechos entre sí y empezó a comprender lo cerca que había estado del extraordinario hombre invisible.

15

El hombre que corría

En las primeras horas de la tarde, el doctor Kemp estaba sentado en su despacho junto al mirador, por el que se veían las colinas cercanas y el pueblo de Burdock. Era una habitación muy agradable, con tres ventanas —norte, poniente y sur—, estanterías llenas de libros y publicaciones científicas, una amplia mesa escritorio bajo la ventana que daba al norte, un microscopio, platinas, instrumentos de precisión, algunos cultivos y varios frascos de reactivos desperdigados. La lámpara de Kemp se hallaba encendida, a pesar de que aún iluminaba el cielo la luz del sol poniente. Las persianas estaban subidas porque allí no pasaba nadie a quien le interesara curiosear el interior de la habitación. No era, por lo tanto, necesario bajarlas. El doctor Kemp era un joven alto y delgado, de cabello rubio y bigote casi blanco. Gracias al trabajo en que estaba sumido conseguiría, o al menos eso esperaba, ser admitido como miembro de la Real Sociedad de Medicina.

Sus ojos, elevándose en un momento dado de su trabajo, contemplaron la puesta de sol que brillaba más allá de la calle en cuesta. Por espacio de un minuto, permaneció con la pluma en la boca, admirando el color dorado que había adquirido el horizonte. Después, la pequeña silueta de un hombre, negra como la tinta, que corría cuesta abajo, atrajo su atención. Era bajo y regordete, llevaba sombrero y corría con tanta prisa, que sus piernas apenas tocaban el suelo.

—Otro idiota —dijo Kemp—, como el que se tropezó conmigo en una esquina y me gritó: «¡Que viene el hombre invisible, señor!». No consigo imaginarme qué es lo que le ocurre a esta gente. Es como si viviéramos en el siglo XIII.

Se puso en pie, se dirigió a la ventana y contempló la ladera en sombras y la oscura figurilla que la recorría precipitadamente.

—Parece que tiene una prisa terrible —dijo el doctor Kemp—, pero no adelanta mucho. Es como si tuviera los bolsillos llenos de plomo.

Se aproximaba al final de la cuesta.

—¡Vamos, un esfuerzo! —le animó en voz baja.

Un instante después, la casa enclavada en lo más alto de la colina ocultó la figura del hombrecillo. Volvió a hacerse visible en seguida y desapareció de nuevo tres veces más, detrás de las tres casas siguientes. Por último, el terraplén le ocultó definitivamente.

—¡Idiotas! —exclamó el doctor Kemp girando sobre sus talones y volviendo a su escritorio.

Pero quienes se hallaban en la calle y vieron de cerca al fugitivo y observaron el profundo terror que reflejaba su rostro sudoroso no compartieron el desprecio del doctor Kemp.

El hombre prosiguió su carrera, produciendo sonidos metálicos, como si se tratara de una bolsa bien repleta. No miraba ni a la derecha ni a la izquierda, sino que sus ojos dilatados estaban fijos en el pueblo, donde las luces comenzaban a encenderse y la gente se agrupaba en las calles. Llevaba la desdibujada boca entreabierta, sus labios estaban cubiertos de una pegajosa saliva y su respiración era entrecortada y ruidosa. Todos aquellos a quienes hallaba a su paso le contemplaban atónitos y se miraban unos a otros con inquietud al preguntarse cuál sería la causa de tanta prisa.

Y, de pronto, allá en lo alto de la cuesta, un perro que jugaba en medio de la carretera soltó un aullido y corrió a esconderse. Y, mientras los hombres continuaban mirándose con ojos interrogantes, algo como una ráfaga de aire, un sonido parecido a una respiración jadeante, pasó junto a ellos.

Se oyeron gritos y la gente comenzó a correr. La noticia se difundió por instinto. Todo el mundo gritaba en las calles antes de que Marvel llegara. Los habitantes del pueblo se encerraban en sus casas y aseguraban las puertas tras ellos al conocer la noticia. Él lo oyó e hizo un último y desesperado esfuerzo. El pánico llegó como una oleada, se le adelantó y, en un instante, se apoderó de la aldea.

—¡Que viene el hombre invisible! ¡El hombre invisible!

16

En la taberna The Jolly Cricketers

La taberna The Jolly Cricketers se levanta al pie de la cuesta, donde empiezan las vías del tranvía. El dueño, con sus brazos gruesos y colorados sobre el mostrador, hablaba de caballos con un cochero anémico mientras un tercer hombre con barba negra y vestido de gris comía galletas y queso, bebía Burton y hablaba con acento americano con un guardia fuera de servicio.

—¿A qué vienen esos gritos? —dijo el cochero anémico, interrumpiendo la conversación e intentando ver lo que ocurría cuesta arriba a través de la sucia persiana amarilla que cubría la ventana.

Alguien pasó corriendo por delante.

—Un incendio, quizá —dijo el tabernero.

El rumor de pasos se aproximó, la puerta se abrió violentamente y Marvel, lloroso y despeinado, sin sombrero, con la solapa de la chaqueta rota, se precipitó en el interior de la taberna, se dio la vuelta convulsivamente e intentó cerrar la puerta de madera. Esta se mantenía abierta a medias sujeta por una correa.

—¡Que viene! —gritó con una voz dominada por el terror—. ¡Que viene el hombre invisible! ¡Detrás de mí! ¡Por el amor de Dios! ¡Socorro! ¡Socorro! ¡Socorro!

—Cierren las puertas —dijo el guardia—. ¿Quién viene? ¿Qué ocurre?

Se dirigió a la puerta, soltó la correa y la cerró de golpe. El americano cerró la otra puerta.

—Déjenme meterme en alguna parte —dijo Marvel tambaleándose y llorando, pero sin soltar los libros—. ¡Déjenme meterme en alguna parte! Enciérrenme con llave, donde sea. Les digo que viene por mí. Porque me he escapado. ¡Dijo que me mataría y lo hará!

—Está usted a salvo —dijo el hombre de la barba negra—. La puerta está cerrada. ¿A qué viene todo esto?

—Déjenme meterme en alguna parte —dijo Marvel, y comenzó a chillar cuando un golpetazo estremeció la puerta, seguido de llamadas urgentes y gritos desde el exterior.

—¿Quién hay ahí? —gritó el guardia.

El señor Marvel se arrojaba frenéticamente a los paneles de la pared, que parecían puertas.

—¡Me matará! Me parece que tiene un cuchillo. ¡Por el amor de Dios…!

—Por aquí —dijo el tabernero—. Pase por aquí —repitió, manteniendo abierta la tabla plegadiza del mostrador para que pasara.

El señor Marvel se precipitó detrás del mostrador al repetirse los ruidos al otro lado de la puerta.

—¡No abran! —gritó—. ¡Por favor, no abran la puerta! ¿Dónde puedo esconderme?

—¿De modo que es este el hombre invisible? —dijo el hombre de la barba negra manteniendo una mano a la espalda—. Me parece que va siendo hora de que le veamos.

El cristal de la ventana saltó en pedazos y hasta ellos llegó de la calle un rumor de gritos de gente que corría en todas direcciones.

El guardia había permanecido todo el tiempo de pie en el banco mirando al exterior e intentando ver quién era el que llamaba a la puerta. Bajó al suelo con las cejas arqueadas.

—Efectivamente —dijo.

El tabernero, de pie junto a la puerta de la habitación trasera en la que ahora se hallaba encerrado el señor Marvel, miró con ojos muy abiertos su destrozada ventana y se acercó después a los otros dos hombres.

De pronto, el silencio lo envolvió todo.

—Ojalá tuviera mi porra —dijo el alguacil, dirigiéndose indeciso hacia la puerta—. En cuanto abramos, entrará. No hay medio de impedirlo.

—No se apresure a abrir la puerta —dijo con ansiedad el cochero anémico.

—Descorra el cerrojo —dijo el hombre de la barba negra— y si entra… —Señaló con una mano el revólver que tenía en la otra.

—Eso es imposible —dijo el guardia—. Sería un asesinato.

—Ya conozco las leyes de este país —dijo el hombre de la barba—. Voy a apuntarle a las piernas. Quite la tranca.

—No lo haré mientras no ceda ese alboroto —dijo el tabernero mirando por encima de la persiana.

—Muy bien —dijo el hombre de la barba negra, e, inclinándose con el revólver preparado, desatrancó la puerta.

El tabernero, el cochero y el policía miraron alrededor.

—Entre —dijo el hombre barbudo en voz baja, dando un paso atrás y apuntando a la puerta con su pistola.

Nadie entró y la puerta permaneció cerrada. Cinco minutos después, cuando un segundo cochero introdujo cautelosamente la cabeza por la puerta, seguían esperando. Un rostro ansioso surgió de la habitación trasera.

—¿Están cerradas todas las puertas de la casa? —preguntó Marvel—. Está rodeándola, dando vueltas alrededor. Tiene más recursos que el mismo diablo.

—¡Santo Dios! —exclamó el corpulento tabernero—. ¡Hay una puerta trasera! ¡Hay que vigilarla! ¡Oigan…! —Miró alrededor, consternado. La puerta de la habitación trasera se cerró de golpe y oyeron que la llave giraba en la cerradura—. Hay también una puerta en el patio y otra pequeña que no se usa. La del patio…

Sin terminar la frase, salió corriendo del bar. Un momento después, apareció de nuevo llevando en la mano un cuchillo de trinchar.

—La puerta del patio estaba abierta —dijo.

Su grueso labio inferior temblaba ligeramente.

—Es posible que ya esté dentro de la casa —dijo el primer cochero.

—No está en la cocina —dijo el tabernero—. Hay dos mujeres allí y además he blandido este cuchillo por toda la habitación sin omitir un centímetro de espacio. Y ellas no creen que haya entrado. Han observado…

—¿La ha cerrado bien? —preguntó el primer cochero.

—Yo sé muy bien lo que hago —dijo el tabernero.

El hombre de la barba guardó una vez más su revólver y, en el momento en que lo hacía, la tabla plegadiza del bar se levantó. Después, con terrible violencia, el picaporte se agitó y la puerta de la habitación trasera se abrió de par en par. Oyeron gritar a Marvel como un conejo acorralado e inmediatamente treparon por encima del mostrador para acudir en su auxilio. El revólver del hombre barbudo entró en acción y el espejo que había al fondo de la sala se rompió en mil pedazos que cayeron al suelo con estrépito.

Cuando el tabernero entró en la habitación vio a Marvel hecho un ovillo en una postura extraña, pataleando contra la puerta que conducía al patio y a la cocina. La puerta se abrió mientras el tabernero contemplaba la escena indeciso y Marvel fue arrastrado y empujado hasta la cocina. Se oyó un grito y un ruido de cacharros al chocar entre sí. Marvel, boca abajo y debatiéndose obstinadamente, estaba siendo arrastrado hasta la puerta de la cocina, en la cual se descorrieron los cerrojos.

El guardia, que intentaba adelantarse al tabernero, entró precipitadamente seguido de uno de los cocheros. Agarró la muñeca de la mano invisible que zarandeaba a Marvel, recibió un golpe en plena cara y cayó hacia atrás, tambaleándose. La puerta de la cocina se abrió y Marvel hizo un esfuerzo desesperado para refugiarse detrás de ella. Entonces el cochero agarró algo sólido.

—¡Ya le tengo! —exclamó.

Las enrojecidas manos del tabernero se posaron sobre un cuerpo invisible.

—¡Aquí está! —dijo.

El señor Marvel, liberado ya, cayó al suelo e intentó arrastrarse por detrás de los que luchaban. La pelea tenía lugar junto a la puerta. La voz del hombre invisible se oyó por primera vez al lanzar un grito penetrante cuando el guardia le pisó un dedo del pie. Después profirió una exclamación y sus puños llovieron sobre unos y otros. El cochero gimió de pronto y se dobló en dos, al recibir un puntapié en el diafragma. La puerta que separaba la habitación de la cocina se cerró de golpe, cubriendo la retirada del señor Marvel. Los hombres que quedaban en la cocina descubrieron entonces que estaban intentando agarrar y luchar con el vacío.

—¿Dónde se ha ido? —preguntó el hombre de la barba—. ¿Ha salido fuera?

—Por aquí —dijo el guardia saliendo al patio y deteniéndose.

Un trozo de teja silbó junto a su oído y aterrizó entre los cacharros que había encima de la mesa de la cocina.

—¡Me las pagará! —gritó el hombre de la barba, y de pronto un cilindro de acero apareció por encima del hombro del guardia y se oyeron cinco disparos sucesivos en dirección al lugar de donde había salido el proyectil.

Al disparar, el hombre de la barba movía la mano dibujando una curva, de manera que los disparos alcanzasen todo el espacio comprendido entre las paredes del patio.

Se hizo el silencio.

—Cinco disparos —dijo el hombre de la barba negra—. Eso es lo mejor. Cuatro ases y el comodín. Traigan una linterna y buscaremos a tientas el cuerpo.

17

El visitante del doctor Kemp

El doctor Kemp había continuado escribiendo en su despacho hasta que los disparos le distrajeron de su trabajo.

—¡Vaya! —dijo el doctor Kemp llevándose de nuevo la pluma a la boca y escuchando atentamente—. ¿Quién está dándole al revólver en Burdock? ¿Qué les pasará a esos idiotas ahora?

Se dirigió a la ventana que daba al sur, la abrió e, inclinándose, contempló la red de ventanas iluminadas, faroles de gas, luces de tiendas e intersticios negros de patios y tejados que componía la ciudad por la noche.

—Parece como si al final de la cuesta, junto a The Cricketers, hubiera un grupo de gente.

Continuó observando y sus ojos recorrieron la ciudad hasta posarse allí donde brillaban las luces de los barcos y donde el muelle relucía como una joya de luz amarilla. La luna nueva bañaba la colina y las estrellas tenían un brillo casi tropical.

Transcurridos cinco minutos, durante los cuales su pensamiento se había perdido en especulaciones remotas sobre las condiciones sociales del futuro y sobre la dimensión del tiempo, el doctor Kemp volvió en sí con un suspiro, cerró la ventana y se instaló de nuevo ante el escritorio. Alrededor de una hora después, sonó el timbre de la puerta principal. El doctor Kemp había estado escribiendo con desgana y con intervalos de distracción desde el momento en que oyera los disparos. Levantó la vista y escuchó. Oyó que la criada abría la puerta y esperó a que sus pisadas subieran a su despacho, pero no llegaron.

—¿Quién sería? —se preguntó el doctor Kemp.

Intentó continuar su trabajo y, no consiguiendo fijar su atención, se levantó y bajó al entrepaño de la escalera, llamó al timbre y preguntó a la criada, cuando esta apareció en el vestíbulo inferior:

—¿Era el cartero?

—Eran solo niños jugando, señor —repuso ella.

«Esta noche estoy intranquilo», se dijo Kemp. Volvió a su despacho y se puso decididamente a trabajar.

Poco después estaba absorto por completo en su trabajo y los únicos sonidos que se oían en la habitación eran el tictac del reloj y el rasgar de su pluma que se movía apresuradamente en el centro del círculo de luz que la lámpara arrojaba encima de la mesa.

Eran las dos cuando el doctor Kemp terminó su trabajo aquella noche. Se puso en pie, bostezó y subió dispuesto a acostarse. Ya se había quitado la chaqueta y el chaleco, cuando notó que tenía sed. Cogió una bujía y bajó al comedor en busca de un whisky con soda.

Las investigaciones científicas del doctor Kemp le habían convertido en un hombre muy observador, por lo que al volver a cruzar el vestíbulo, descubrió una mancha oscura sobre el linóleo, cerca de la alfombrilla que quedaba al pie de las escaleras. Continuó subiendo y, de pronto, se le ocurrió preguntarse de qué sería aquella mancha. Evidentemente su subconsciente estaba dando vueltas al asunto. Sea como fuere, giró sobre sus talones, bajó una vez más al vestíbulo, dejó a un lado el sifón y el vaso de whisky e, inclinándose, tocó la mancha. No le sorprendió mucho descubrir que tenía la consistencia y el color de la sangre medio seca.

Cogió de nuevo la botella y el vaso y subió los escalones mirando alrededor e intentando explicarse el origen de la mancha. En el descansillo vio algo que le hizo detenerse, atónito. El picaporte de la puerta de su cuarto estaba cubierto de sangre.

Se miró la mano y vio que estaba perfectamente limpia. Recordó entonces que, al entrar en su dormitorio por primera vez, la puerta había permanecido abierta y que, por lo tanto, no había tenido que tocarla. Entró directamente en su habitación, muy sereno, quizá con paso más decidido que de ordinario. Su mirada, escudriñándolo todo inquisitivamente, se posó sobre la cama. En la colcha había una gran mancha de sangre y la sábana había sido desgarrada. No se había fijado al entrar antes porque entonces se había limitado a dirigirse al tocador. En el extremo opuesto, la ropa de la cama estaba desarreglada, como si alguien se hubiera sentado sobre ella.

Entonces le pareció oír que alguien exclamaba en voz baja: «¡Santo Dios! ¡Si es Kemp!». Pero el doctor Kemp no creía en voces incorpóreas.

Permaneció contemplando las sábanas arrugadas. ¿Había sido aquello en verdad una voz? Miró alrededor sin conseguir ver otra cosa que la cama desordenada y manchada de sangre. Pero en seguida advirtió claramente un movimiento al otro extremo de la habitación, junto al lavabo. Todos los hombres, aun los más cultos, conservan ciertos residuos de superstición. El médico experimentó en aquel momento cierto sobrecogimiento por hallarse ante lo desconocido. Cerró la puerta tras de sí, se acercó al tocador y dejó sobre él la botella y el vaso. De pronto, con un sobresalto, vislumbró una venda hecha con un trozo de sábana, inmóvil en el aire entre él y el lavabo. La contempló estupefacto. Era una venda vacía. Enrollada y atada, pero completamente vacía. Hizo además de agarrarla, pero el contacto con algo sólido le detuvo, mientras una voz decía junto a él:

—¡Kemp!

—¿Eh? —dijo Kemp con la boca abierta.

—No te asustes —dijo la Voz—. Soy un hombre invisible.

Kemp no respondió durante unos instantes y se limitó simplemente a contemplar la venda suspendida en el aire.

—¿Un hombre invisible? —repitió.

—Soy un hombre invisible —insistió la Voz.

Kemp recordó entonces la historia que aquella misma mañana había ridiculizado. En aquel momento no se sentía muy asustado ni sorprendido. No se daba del todo cuenta de lo que ocurría.

—Creí que todo eso era mentira —dijo. Sus pensamientos estaban dominados por el recuerdo de sus argumentaciones de la mañana—. ¿Tiene puesta una venda? —preguntó.

—Sí —dijo el hombre invisible.

—¡Oh! —exclamó Kemp, sacudiendo la cabeza—. Pero esto son tonterías. Debe de ser algún truco.

Se echó hacia delante y su mano extendida hacia la venda tropezó con invisibles dedos. Retrocedió al sentir el contacto y se puso pálido.

—¡Tranquilízate, Kemp, por el amor de Dios! Necesito ayuda. ¡Quieto!

Una mano le agarró por un hombro y Kemp la golpeó.

—¡Kemp! —exclamó la Voz—. ¡Kemp, tranquilízate! —repitió, apretándole el brazo con más fuerza.

Un frenético deseo de liberarse se apoderó de Kemp. La mano del brazo vendado seguía sujetándole el hombro y de pronto se sintió empujado y arrojado violentamente sobre la cama. Abrió la boca para gritar, pero antes de que pudiera hacerlo un extremo de la sábana se le introdujo entre los dientes. El hombre invisible le tenía sujeto, pero sus brazos estaban libres todavía. Lleno de cólera golpeó con ellos el espacio.

—Atiende a razones, ¿quieres? —dijo el hombre invisible sin soltarle, a pesar de los golpes que recibía en las costillas—. ¡Acabarás por enfurecerme! ¡Quieto, estúpido! —gritó la Voz al oído de Kemp.

Este continuó debatiéndose durante un instante y, finalmente, se rindió.

—Si gritas te romperé la cara —dijo el hombre invisible, retirando la sábana con que le tapaba la boca—. Soy un hombre invisible. No se trata de ninguna tontería ni de ningún arte mágico. Soy realmente un hombre invisible. Y necesito tu ayuda. No deseo hacerte daño, pero si te portas como un patán aterrorizado, no tendré más remedio que hacerlo. ¿No te acuerdas de mí, Kemp? Soy Griffin, compañero tuyo de la universidad.

—Déjame levantarme. No me moveré. Necesito reflexionar un momento.

Kemp se sentó y se llevó la mano al cuello.

—Soy Griffin, a quien conociste en la universidad. Me he hecho invisible. Soy un hombre como cualquier otro, un hombre a quien tú has conocido, que se ha hecho invisible.

—¿Griffin? —dijo Kemp.

—Griffin —respondió la Voz—. Un estudiante más joven que tú, casi albino, con un metro ochenta de estatura y hombros muy anchos, con la cara blanca y rosada y los ojos rojos, que ganó un premio de química.

—Estoy aturdido —dijo Kemp—. La cabeza me da vueltas. ¿Qué tiene esto que ver con Griffin?

—Que yo soy Griffin.

—Es horrible —dijo—. Pero ¿con qué artes diabólicas te has hecho invisible?

—Con ninguna. Es un proceso perfectamente lógico e inteligible.

—¡Es horrible! —dijo Kemp—. ¿Cómo…?

—Es ciertamente horrible. Pero estoy herido, dolorido y cansado… ¡Por Dios, Kemp, tranquilízate! Dame algo de comer y beber y permíteme que descanse aquí.

Kemp siguió mirando la venda mientras esta se movía de una parte a otra de la habitación. Vio, después, que una silla de mimbre se arrastraba por el suelo hasta quedar inmóvil junto a la cama y crujir bajo un peso invisible; el almohadón que cubría el asiento sufrió una depresión de unos dos centímetros. Kemp se restregó los ojos y, de forma maquinal, se llevó de nuevo la mano al cuello.

—Esto es más increíble que los fantasmas —dijo riendo tontamente.

—¡Gracias a Dios que hablas como un hombre sensato!

—¡O idiota! —dijo Kemp.

—Dame un poco de whisky. Estoy medio muerto.

—Pues no lo parece. ¿Dónde estás? ¿Tropezaré contigo si me levanto? Muy bien. Whisky… Toma. ¿Cómo puedo dártelo si no te veo?

La silla crujió y Kemp vio cómo el vaso se le escapaba de la mano. Lo soltó haciendo un esfuerzo, ya que su razón le impulsaba a no abrir la mano. El vaso se detuvo a unos setenta centímetros sobre el asiento de la silla. Kemp lo miró con infinita perplejidad.

—Esto es… Esto tiene que ser hipnotismo. Debes de haberme sugestionado y me haces creer que eres invisible.

—¡Tonterías! —dijo la Voz.

—Pero ¡es absurdo!

—Escúchame…

—Demostré de un modo concluyente esta mañana —comenzó a decir Kemp— que la invisibilidad…

—¡Olvídate ahora de tus demostraciones! Estoy muerto de hambre y por las noches hace mucho frío para andar desnudo.

—¿Comida? —dijo Kemp.

El vaso de whisky se inclinó.

—Sí —dijo el hombre invisible después de beber—. ¿Tienes una bata?

Kemp lanzó una exclamación en voz baja. Se dirigió a su armario y sacó de su interior una bata de color rojo.

—¿Te sirve esta? —preguntó.

Unas manos se la arrebataron. La prenda permaneció un momento inmóvil en el aire. Después, se abotonó por sí sola y se sentó en la silla.

—Un poco de ropa interior, calcetines y zapatillas me vendrían muy bien —dijo el hombre invisible secamente—. Y comida.

—Lo que quieras. Pero ¡esto es lo más absurdo que me ha ocurrido en la vida!

Abrió los cajones de su armario para sacar lo que se le había pedido y después bajó las escaleras para averiguar lo que había en la despensa. Volvió con unas chuletas frías y pan, acercó una mesita auxiliar y lo colocó todo delante de su invitado.

—No necesito cuchillo —dijo su visitante.

Una de las chuletas quedó en el aire y se oyó un sonido de masticación.

—Siempre me gusta comer vestido —dijo el hombre invisible con la boca llena y comiendo con avidez—. Es una manía.

—Supongo que no será una herida grave la de la muñeca —dijo Kemp.

—Claro que no —repuso el hombre invisible.

—Esto es lo más extraordinario, y…

—Exactamente. Y es una coincidencia que entrara justo en tu casa para vendarme. Ha sido mi primer golpe de suerte. Pensaba dormir aquí esta noche. ¡Tendrás que soportar mi presencia! Es un fastidio eso de que se vea la sangre, ¿verdad? He dejado una buena mancha ahí. Por lo visto, se hace visible al coagularse. Lo único que se ha transformado han sido mis tejidos vivos, y eso solo mientras yo tenga vida. Llevo tres horas en tu casa.

—Pero ¿cómo lo has conseguido? —preguntó Kemp exasperado—. ¡Maldita sea! Todo esto es irrazonable desde el principio hasta el fin.

—Es muy razonable —dijo el hombre invisible—. Perfectamente razonable.

Alargó el brazo y cogió la botella de whisky. Kemp se quedó mirando la insaciable bata. Un rayo de luz que penetraba por un roto en el hombro derecho dibujó un triángulo brillante bajo las costillas del costado izquierdo.

—¿A qué se debieron los disparos? ¿Cómo empezó todo?

—Un hombrecillo, una especie de cómplice mío, ¡maldito sea!, intentó robarme el dinero. Es decir, me lo ha robado.

—¿Es invisible también?

—No.

—¿Entonces?

—¿No tienes algo más que comer mientras te cuento todo eso? Tengo hambre y estoy herido. ¿Cómo quieres que te explique nada?

Kemp se puso en pie.

—¿Fuiste tú quien disparó? —preguntó.

—No —repuso su visitante—. Un idiota a quien nunca había visto antes disparó al aire. Se asustaron. Se asustaron de mí. ¡Maldición! Kemp, necesito algo más de comer.

—Veré qué hay por ahí abajo —dijo Kemp—, pero me temo que no sea mucho.

Después de haber comido (y fue una comida abundante), el hombre invisible pidió un puro. Mordió furiosamente uno de los extremos mientras Kemp buscaba una navaja, y lanzó una maldición cuando se despegó la hoja exterior.

Resultaba extraño verle fumar. Su boca, la garganta, la faringe, los orificios de la nariz, se hacían visibles, como un revoloteante molde de humo.

—¡El bendito don de fumar! —dijo aspirando el humo vigorosamente—. He tenido suerte al encontrarte, Kemp. Tienes que ayudarme. ¡Qué coincidencia haber tropezado contigo! Estoy metido en un lío. Creo que me volví loco. No puedes imaginarte lo que he sufrido. Pero te aseguro que haremos grandes cosas.

Al terminar de hablar se sirvió otro vaso de whisky con soda. Kemp se puso en pie, miró alrededor y de la habitación contigua trajo un vaso para él.

—Todo esto es una locura. En fin, beberé contigo.

—No has cambiado mucho, Kemp, en estos doce años. Es lo que suele ocurrirle a los hombres rubios, fríos y metódicos… Como te he dicho, tenemos que trabajar juntos.

—Pero ¿cómo lo conseguiste? —dijo Kemp—. ¿Y cómo has llegado hasta aquí?

—Por el amor de Dios, déjame fumar en paz, que luego ya te contaré.

Pero Kemp no llegó a escuchar la historia aquella noche. Al hombre invisible comenzó a dolerle la muñeca. Estaba febril y agotado, y sus pensamientos giraban alrededor de su persecución por la calle en cuesta y la pelea de la taberna. Habló de forma fragmentada de Marvel mientras fumaba con avidez y su voz se hizo iracunda. Kemp se esforzaba por entender algo.

—Me tenía miedo, eso era evidente —repetía una y otra vez el hombre invisible—. Quería escaparse… Siempre estaba buscando una oportunidad. ¡Qué estúpido fui! Era un traidor. Me puso furioso; tanto, que le hubiera matado…

—¿De dónde sacaste el dinero? —preguntó de repente Kemp.

El hombre invisible guardó silencio durante unos instantes.

—No puedo contártelo esta noche.

De pronto, gimió y se inclinó hacia delante, apoyando su invisible cabeza en sus manos igual de invisibles.

—Kemp —dijo—. Llevo tres días sin dormir apenas, excepto un par de veces, media hora o una hora. Necesito dormir.

—Utiliza esta habitación… Mi habitación.

—¿Cómo puedo dormir? Si me duermo se escapará. Pero, al fin y al cabo, ¿qué importa?

—¿Es grave la herida? —preguntó Kemp.

—Nada, un rasguño. ¡Oh, Dios! Necesito dormir.

—¿Y por qué no lo haces?

El hombre invisible debió de mirar a Kemp durante unos segundos.

—Porque no siento particular inclinación a dejarme atrapar por mis semejantes —dijo despacio.

Kemp se sobresaltó.

—¡Qué estúpido soy! —exclamó el hombre invisible dando un puñetazo en la mesa—. Ahora te he dado la idea.

18

El hombre invisible duerme

Aunque el hombre invisible estaba agotado y herido, se negó a creer en la palabra de Kemp, que le aseguró que su libertad sería respetada. Inspeccionó las dos ventanas del dormitorio, levantó las persianas y subió los bastidores para confirmar la afirmación hecha por Kemp de que le sería posible escapar por aquel medio. Afuera, la noche estaba silenciosa y en calma y la luna nueva se escondía en lo alto de la cuesta. Después examinó las llaves de las puertas del dormitorio y de las habitaciones contiguas para asegurarse de que Kent tampoco podría escapar por allí. Finalmente, quedó satisfecho. Permaneció inmóvil sobre la alfombra y Kemp oyó un bostezo.

—Lamento no poder contarte esta noche todo lo que he hecho —dijo el hombre invisible—, pero estoy rendido. Todo esto te parecerá, sin duda, grotesco y horrible, pero créeme, Kemp, a pesar de tus argumentos de esta mañana, la invisibilidad es algo perfectamente posible. He hecho un descubrimiento y pensaba reservármelo. Pero no puedo. Necesito tener un colega. Y tú… ¡Podemos hacer tantas cosas…! Mañana hablaremos. Ahora, Kemp, créeme, o duermo o me muero.

Kemp permaneció en el centro de la habitación contemplando la descabezada bata.

—Supongo que quieres que me vaya —dijo—. Todo esto es increíble. Si ocurrieran tres cosas como esta, dando un mentís a todas mis ideas preconcebidas, me volvería loco. Pero ¡es realidad…! ¿Quieres algo más?

—Solo que me desees buenas noches —dijo Griffin.

—Buenas noches —dijo Kemp, estrechando una mano invisible.

Se dirigió en línea recta a la puerta y, de pronto, la bata se acercó a él con rapidez.

—Queda bien entendido —dijo— que no intentarás poner ningún estorbo en mi camino o capturarme; de lo contrario…

Kemp cambió de expresión.

—Creo haberte dado mi palabra —dijo.

Cerró la puerta tras de sí sin hacer ruido e, inmediatamente, oyó que la llave giraba en la cerradura. Después, mientras permanecía con una expresión de pasiva estupefacción en el rostro, las rápidas pisadas se acercaron a la puerta de la habitación contigua, que también quedó cerrada con llave. Kemp se golpeó la frente con la palma de la mano. «¿Estoy soñando? ¿Se ha vuelto loco el mundo? ¿O me he vuelto loco yo?». Se echó a reír y tocó con la mano la puerta cerrada. «¡Expulsado de mi dormitorio por un flagrante absurdo!», exclamó.

Se dirigió al primero de los escalones, se volvió y contempló la puerta una vez más. «Es un hecho real —se dijo. Se llevó los dedos al cuello, ligeramente dolorido—. ¡Un hecho innegable! Pero…».

Negó con la cabeza, giró sobre sus talones y bajó al piso inferior. Encendió la lámpara del comedor, cogió un puro y comenzó a recorrer la habitación lanzando exclamaciones. De vez en cuando hablaba en voz alta.

—¡Invisible!

»¿Existen los animales invisibles…? En el mar, sí. Miles… Millones. Todas las larvas. Todos los nauplios y tornarias, todos los seres microscópicos, las medusas. En el mar hay más cosas invisibles que visibles. Nunca se me había ocurrido pensarlo. Y en las aguas estancadas también. Todos los seres que viven en ellas, chispas de gelatina transparentes e incoloras… Pero en el aire ¡no!

»No puede ser.

»Y al fin y al cabo, ¿por qué no?

»Aunque un hombre fuera de cristal, sería visible.

Sus meditaciones se hicieron profundas. Tres puros enteros quedaron convertidos en ceniza blanca desparramada por la alfombra antes de que hablara de nuevo. Cuando lo hizo, fue únicamente para lanzar una exclamación. Salió de la habitación, entró en su pequeño cuarto de consulta y encendió el gas. Era un lugar muy reducido (pues el doctor Kemp no practicaba su profesión), y en él se hallaban los periódicos del día. El de la mañana estaba abierto de cualquier manera y arrojado a un lado. Lo cogió, lo abrió y leyó el relato de los «extraños sucesos en Iping» que el marinero de Port Stowe le había contado a Marvel. Kemp lo leyó rápidamente.

—¡Embozado! —exclamó—. ¡Disfrazado! ¡Escondiéndose! «Nadie parecía haber advertido su desgracia». ¿Qué demonios se trae entre manos?

Dejó caer el periódico y sus ojos rebuscaron entre los demás. «¡Ah! —se dijo, cogiendo la *Gaceta de Saint James*, que estaba doblada sin tocar—. Ahora me enteraré de la verdad». La abrió y se dispuso a leer un artículo compuesto de un par de columnas titulado: «Un pueblo entero de Sussex se vuelve loco».

—¡Cielo santo! —dijo Kemp, leyendo ávidamente un increíble relato de los acontecimientos que tuvieron lugar en Iping la tarde anterior y que ya han sido descritos. En primera plana se hallaba reproducido el artículo aparecido en el periódico de la mañana. Kemp lo leyó de nuevo.

«Recorrió las calles golpeando a diestro y siniestro. Jaffers, sin sentido. El señor Huxter, cruelmente apaleado, incapaz de describir lo que vio. Penosa humillación del vicario. Mujer enferma de terror. Ventanas destrozadas. Esta extraordinaria historia es, probablemente, una invención. Demasiado buena para no publicarla… *cum grano*».

Dejó a un lado el periódico y miró alrededor sin ver.

«¡Probablemente una invención!».

Lo cogió de nuevo y leyó el artículo una vez más.

«Pero ¿cuándo aparece el vagabundo? ¿Por qué diablos está persiguiendo a un vagabundo?».

Se dejó caer pesadamente sobre su sillón de cirujano.

—¡No solamente es invisible —dijo—, sino que está loco! ¡Con locura homicida…!

Cuando llegó el amanecer, mezclando su palidez con la luz del gas y el humo de los puros que llenaba el comedor, Kemp seguía recorriendo la habitación de un lado a otro, intentando comprender lo incomprensible.

Estaba demasiado excitado para poder dormir. Sus criados le descubrieron al bajar, todavía soñolientos, y pensaron que un exceso de trabajo le había enfermado. Les dio extrañas pero explícitas instrucciones de preparar desayuno para dos en el estudio y de permanecer después en el piso inferior, sin aparecer para nada donde él se hallaba. Después continuó recorriendo el comedor en todas direcciones hasta la llegada de los periódicos de la mañana. Estos tenían mucho que decir y poco que contar, aparte de la confirmación de los hechos de la noche anterior y un relato bastante mal redactado de un nuevo suceso ocurrido en Port Burdock. Este le reveló a Kemp lo sucedido en The Jolly Cricketers y el nombre de Marvel. «Me ha obligado a permanecer con él durante veinticuatro horas», había declarado el vagabundo. Se añadían ciertos pequeños detalles a la historia de Iping, en concreto que habían cortado el cable del telégrafo. Pero nada aclaraba el lazo que unía al hombre invisible con el vagabundo, porque el señor Marvel no había dado ninguna información sobre los tres libros ni sobre el dinero que quedara a su cargo. El tono incrédulo de la prensa había desaparecido y una muchedumbre de periodistas y curiosos comenzaba a explotar el tema.

Kemp leyó hasta la última línea del relato y envió a la criada a comprar todos los periódicos de la mañana que encontrase. Los devoró igualmente. «¡Es invisible! —se dijo—. ¡Y por lo visto se está convirtiendo en un maniático! ¡Las cosas que puede hacer! ¡Y está arriba, tan libre como el aire! ¿Qué debo hacer? Por ejemplo, ¿sería poco honrado…? No».

Se dirigió a un pequeño escritorio en desorden que había en un rincón y comenzó a escribir una nota. Cuando iba por la mitad, la rompió y escribió otra que, una vez concluida, releyó. Después cogió un sobre y lo dirigió al coronel Adye, de Port Burdock.

El hombre invisible despertó cuando Kemp estaba ocupado de este modo. Despertó de malhumor, y el médico, con todos los sentidos alerta para sorprender el menor sonido, oyó sus pisadas al recorrer el dormitorio. Después, cayó una silla y el vaso del lavabo se hizo pedazos. Kemp subió precipitadamente las escaleras y llamó con los nudillos en la puerta.

19

Algunos principios importantes

—¿Qué ocurre? —preguntó Kemp cuando el hombre invisible lo dejó entrar.

—Nada —fue la respuesta.

—Pero ¡maldita sea! ¿Y ese ruido?

—Un ataque de ira —dijo el hombre invisible—. Me olvidé de mi brazo. Me duele.

—Me parece que te irritas con bastante facilidad.

—Así es.

Kemp atravesó la habitación y recogió algunos fragmentos de cristales rotos.

—Se ha publicado tu historia —dijo Kemp, de pie con los cristales en la mano—. Se ha hecho público lo ocurrido en Iping y ayer aquí. El mundo se ha enterado de que tiene un ciudadano invisible. Pero nadie sabe que estás aquí.

El hombre invisible lanzó un juramento.

—El secreto se ha descubierto —siguió diciendo Kemp—. Supongo que era un secreto. No sé cuáles son tus planes, pero, desde luego, estoy dispuesto a ayudarte.

El hombre invisible se sentó al borde de la cama.

—El desayuno está preparado arriba —dijo Kemp con toda la tranquilidad que le fue posible asumir.

Quedó satisfecho al ver que su invitado se levantaba inmediatamente. Subieron la estrecha escalera que llevaba al mirador.

—Antes de poder hacer nada —dijo Kemp—, necesito comprender algunos detalles sobre tu invisibilidad.

Después de lanzar una mirada nerviosa por la ventana, se sentó con la actitud de quien está dispuesto a sostener una larga conversación. Sus dudas acerca de la cordura y realidad del asunto se desvanecieron al mirar hacia donde Griffin se hallaba sentado a la mesa del desayuno. Tenía ante sí una bata sin cabeza y sin manos que limpiaba labios invisibles con una servilleta que se mantenía en el aire por milagro.

—Es muy sencillo y muy lógico —dijo Griffin dejando a un lado la servilleta.

—Lo será sin duda para ti, pero… —Kemp rio.

—Sí, al principio me parecía maravilloso. Pero ahora… ¡Santo Dios…! Aun así, todavía haremos grandes cosas. La idea se me ocurrió por primera vez en Chesilstowe.

—¿En Chesilstowe?

—Fui allí cuando salí de Londres. ¿Sabías que dejé la medicina y me dediqué a la física? ¿No? Pues eso fue lo que hice. La luz me fascinaba.

—¡Ah!

—¡La densidad óptica! Todo el tema es una red de enigmas, una red a través de la cual las soluciones brillan un momento de un modo fugaz. Y, como no tenía más que veintidós años y estaba lleno de entusiasmo, me dije: «Dedicaré mi vida a esto. Vale la pena». Ya sabes lo necios que somos cuando tenemos veintidós años.

—Necios entonces o necios ahora.

—¡Como si el saber procurara al hombre alguna satisfacción! Pero me puse a trabajar como un esclavo. Y llevaría seis meses trabajando y pensando en el asunto, cuando vi la luz a través de la malla, repentina y cegadora. Descubrí un principio general de pigmentos y refracción, una fórmula, una expresión geométrica relacionada con cuatro dimensiones. Los tontos, los hombres vulgares, incluso algunos matemáticos, no saben lo que cualquier simple expresión puede significar para el estudiante de física molecular. En los libros (los libros que ha escondido ese vagabundo), hay maravillas, ¡milagros! Pero aquello no era un método, era una idea que podía conducir a un método por el cual sería posible, sin cambiar ninguna otra propiedad de la materia (excepto, en algunas ocasiones, el color), rebasar el índice de refracción de una sustancia sólida, o líquida, hasta lograr alcanzar el del aire en lo que a fines prácticos se refiere.

—¡Uf! —dijo Kemp—. ¡Increíble! Pero aún no veo cómo… Comprendo que, de ese modo, se puede echar a perder una gema valiosa… pero la invisibilidad humana es algo muy distinto.

—Exactamente —dijo Griffin—. Pero ten en cuenta que la visibilidad depende de la acción de la luz sobre los cuerpos visibles. Permíteme que te exponga los hechos elementales como si no los conocieras. De este modo me comprenderás mejor. Ya sabes que un cuerpo o bien absorbe la luz, la refleja o la refracta, o bien hace todas estas cosas al mismo tiempo. Si no refleja o refracta o absorbe la luz, no puede ser visible por sí mismo. Por ejemplo, vemos una caja roja opaca porque el color absorbe parte de la luz y refleja el resto, la parte roja que la luz tiene para nosotros. Si no absorbiera ninguna parte de la luz, sino que la reflejara toda, sería una caja blanca y brillante. De plata. Una caja diamantina no absorbería gran parte de la luz y tampoco la reflejaría de la superficie en general, pero aquí y allá, donde las superficies fueran favorables, la luz sería reflejada y refractada y de este modo obtendríamos una apariencia brillante de reflexiones y refracciones. Una especie de esqueleto de luz. Una caja de cristal no sería tan brillante ni tan claramente visible como una de diamante, porque habría menos reflexión y refracción. ¿Me comprendes? Desde algunos puntos se vería con claridad a través de ella. Algunas clases de cristal serían más visibles que otras. Una caja de cristal de roca será más brillante que una caja de cristal ordinario para ventana. Con mala luz, sería difícil ver una caja de cristal común muy ligero, porque apenas absorbería luz y reflejaría muy poca. Y si ponemos una hoja de cristal común en agua, y más aún si la ponemos en un líquido más denso que el agua, desaparecerá casi completamente, porque al pasar del agua al cristal, la luz apenas se refracta o refleja. Será casi tan invisible como un chorro de metano o de hidrógeno lo es en el aire. Y exactamente por la misma razón.

—Sí —dijo Kemp—. Todo eso ya lo sé. Hoy en día lo sabe cualquier estudiante.

—Voy a hablarte de otro factor que también sabe cualquier estudiante. Si se destroza una lámina de cristal y se reduce a polvo, se hace mucho más visible mientras está en el aire. Se convierte en un polvo blanco y opaco. Esto es debido a que el polvo multiplica las superficies del cristal en las que tiene lugar la reflexión y refracción. En la hoja de cristal solo hay dos superficies. En el polvo, la luz se refleja o refracta en cada partícula que atraviesa. Pero si el cristal blanco hecho polvo se introduce en el agua, desaparece inmediatamente. El polvo de cristal y el agua tienen casi el mismo índice de refracción, es decir, la luz sufre muy poca refracción o reflexión al pasar del uno a la otra. El cristal se hace invisible introduciéndolo en un líquido que tenga el mismo índice de refracción. Un objeto transparente se hace invisible si se coloca en un elemento de casi el mismo índice de refracción. Y, si reflexionas un segundo, comprenderías que el polvo de cristal podría hacerse desaparecer en el aire si fuera posible hacer su índice de refracción igual al del aire. Porque entonces no habría refracción ni reflexión cuando la luz pasara del cristal al aire.

—Sí, sí —dijo Kemp—. Pero ¡el hombre no es cristal en polvo!

—No —repuso Griffin—. Es más transparente.

—¡Tonterías!

—¡Y eso lo dice un médico! ¡Cómo se pierde la memoria! ¿Has olvidado ya la física que estudiaste hace diez años? Piensa en todas las cosas que son transparentes y parece que no lo son. Por ejemplo, el papel está compuesto de fibras transparentes y es blanco y opaco por la misma razón que el cristal en polvo es blanco y opaco. Cubre con aceite un papel blanco, llena de aceite cada intersticio entre sus partículas de modo que no haya reflexión o refracción sino en las superficies, y verás que se hace tan transparente como el cristal. Y no solo el papel, sino la fibra de algodón, la fibra de hilo, la fibra de lana, la fibra de madera, y los huesos, Kemp, la carne, Kemp, el cabello, Kemp, las uñas y los nervios, Kemp. En resumen, todo cuanto compone el cuerpo del hombre, excepto el color rojo de su sangre y el pigmento oscuro de su cabello, está hecho de tejidos transparentes e incoloros. Debido a ese poco pigmento, somos visibles para los demás. Pero, en general, las fibras de un ser humano no son más opacas que el agua.

—¡Claro, claro! —dijo Kemp—. Anoche mismo estuve recordando las larvas del mar y los cuerpos gelatinosos.

—¡Ahora me has comprendido! Yo sabía todo esto y lo tenía perfectamente en cuenta cuando salí de Londres hace seis años. Pero me lo guardaba para mí. Tenía que llevar a cabo mi trabajo con terribles desventajas. Oliver, mi profesor, era un canalla científico, un periodista por instinto, un ladrón de ideas. ¡Siempre estaba espiando! Y ya conoces el corrupto sistema del mundo científico. No quise publicar nada y permitir que él compartiera mi renombre. Seguí trabajando, acercándome más y más al momento de convertir mi fórmula en un experimento, en una realidad. No hablé de ello con alma viviente, porque quería asombrar al mundo con la revelación de mi obra y hacerme famoso de golpe. Me dediqué a estudiar la cuestión de los pigmentos para llenar ciertas lagunas y, de pronto, no a propósito, sino por accidente, hice un descubrimiento fisiológico.

—¿Sí?

—¿Sabías que la materia colorante de la sangre puede hacerse blanca e incolora y seguir ejerciendo las funciones que ejerce actualmente?

Kemp lanzó una exclamación de incrédulo asombro. El hombre invisible se levantó y se puso a recorrer la habitación de un lado para otro.

—Comprendo tu incredulidad. Recuerdo perfectamente aquella noche. Era muy tarde (durante el día tenía que ocuparme de los estudiantes, lerdos y boquiabiertos), y yo trabajaba muchas veces hasta el amanecer. De pronto, la idea, espléndida y completa, me vino a la imaginación. Estaba solo, el laboratorio se hallaba sumido en silencio y las luces brillaban a mi alrededor… ¡Podía conseguirse que un animal, un tejido, fuera transparente! ¡Invisible! Todo, menos los pigmentos. «Yo puedo ser invisible!», me dije, comprendiendo de pronto lo que significaba ser albino y saber aquello. Era abrumador. Abandoné las filtraciones en que me hallaba ocupado, me dirigí a la ventana y contemplé las estrellas. «¡Yo puedo ser invisible!», repetí.

»Lograrlo sería como trascender la magia. Y vislumbré, sin sombra alguna de duda, una magnífica visión de lo que la invisibilidad significaría para un hombre. El misterio, el poder, la libertad. No vi ninguna desventaja. Piénsalo bien. Yo, un profesor mal vestido, pobre e ignorado, que se dedicaba a enseñar a estudiantes necios en una facultad de provincias, podía convertirme… en esto. Quisiera saber, Kemp, si tú… Te aseguro que cualquiera se hubiera dedicado a esta investigación. Trabajé durante tres años, y cada montaña de dificultades que lograba remontar me mostraba desde su cumbre otra más alta y desconocida. Los detalles eran infinitos y todo me exasperaba. Había un profesor, un profesor de provincias, que siempre me estaba interrogando. "¿Cuándo va a publicar su trabajo?", era su eterna pregunta. Los estudiantes me resultaban insoportables. Durante tres años trabajé de aquel modo… Y, después de tres años de secreto y de preocupaciones, comprendí que la realización de mi obra era imposible. Imposible.

—¿Por qué? —preguntó Kemp.

—Por falta de dinero —dijo el hombre invisible, y se dirigió de nuevo a la ventana. Bruscamente giró sobre sus talones—. Entonces le robé al viejo, a mi padre —dijo—. El dinero no era suyo, así que se pegó un tiro.

20

En la casa de Great Portland Street

Kemp permaneció unos instantes en silencio, contemplando la espalda de la figura sin cabeza que se hallaba junto a la ventana. Después se sobresaltó al asaltarle un pensamiento; se puso en pie, cogió al hombre invisible por el brazo y le apartó de su punto de observación.

—Estás cansado —dijo— y, mientras yo estoy sentado, tú andas de un lado para otro. Toma mi silla.

Él se colocó entre Griffin y la ventana más cercana. Griffin guardó silencio un momento y después continuó.

—Yo había dejado el *cottage* de Chesilstowe —dijo— cuando aquello ocurrió. Fue el pasado diciembre. Había tomado una habitación en Londres, una habitación grande y sin muebles en una pensión situada en uno de los suburbios cerca de Great Portland Street. Pronto la tuve llena de aparatos que compré con aquel dinero. Mi obra avanzaba con éxito, acercándose a su fin. Yo era como un hombre que sale de la espesura y se encuentra de pronto enfrentado con una tragedia sin sentido. Fui a enterrar a mi padre. Todos mis pensamientos se centraban en mi investigación y no moví un dedo para limpiar su memoria. Recuerdo el funeral, el ataúd barato, la ceremonia breve, la ladera barrida por el viento y la escarcha, y aquel amigo suyo de la universidad que leyó las oraciones fúnebres, un viejo pobremente vestido y encorvado con un terrible catarro.

»Recuerdo mi regreso a la casa vacía a través de lo que antes era una aldea y ahora los arquitectos y albañiles han convertido en la caricatura de una ciudad. Las calles iban en todas direcciones y acababan siempre en los campos profanados y estaban llenas de montones de piedra de cantera y malezas exuberantes y húmedas. Me recuerdo a mí mismo como una figura oscura y delgada, recorriendo la acera resbaladiza y brillante, y evoco la extraña sensación que experimenté al pensar que yo no tenía relación alguna con la respetabilidad miserable y el sórdido mercantilismo de aquel lugar.

»No sentía en absoluto lástima por mi padre y le consideraba la víctima de su tonto sentimentalismo. La hipocresía de los tiempos hacía necesaria mi presencia en el funeral, pero en realidad aquello no era asunto mío.

»Pero, mientras recorría la calle principal, mi antigua vida regresó a mí por un instante. Tropecé con la mujer a la que había amado diez años antes. Nuestros ojos se encontraron.

»Un impulso interior me obligó a volverme y hablarle. Resultó ser una persona muy vulgar.

»Aquella visita al pueblo fue como un sueño. Me di cuenta entonces de que estaba solo y de que había salido del mundo para sumirme en la desolación. Reconocí mi falta de sentimiento, pero la achaqué a la general estupidez de la vida. Al volver a mi habitación de la pensión, me pareció que de nuevo tomaba posesión de la realidad. Allí estaban los objetos que yo conocía y amaba. Allí estaban mis aparatos, allí me esperaban mis experimentos. Por fin había resuelto casi todas las dificultades y solo me restaba planear los detalles.

»Algún día te contaré, Kemp, todo el complicado proceso. No es necesario que ahora nos metamos en ello. En su mayor parte, excepto ciertos datos de los que preferí tomar nota mental, todo está escrito en cifra en los libros que ha escondido el vagabundo. Tenemos que darle caza. Tenemos que recuperar esos libros. El experimento principal consistía en colocar el objeto transparente, cuyo índice de refracción había que rebajar, entre dos centros que irradiaban una especie de vibración etérea de la cual te hablaré más tarde en detalle. No, no se trataba de las vibraciones de Röntgen. No sé si estas mías han sido descritas alguna vez, pero son evidentes. Necesitaba dos pequeñas dínamos, y estas funcionaban con un motor de gas… Hice mi primer experimento con un trozo de tela de lana blanca. Resultó asombroso para mí verlo suave y blanco con el reflejo de la luz y contemplar cómo se desvanecía igual que una voluta de humo.

»Apenas si podía creer que lo había conseguido. Llevé la mano al vacío y sentí el contacto de la tela, tan sólida como siempre. La cogí y la tiré al suelo, y, más tarde, tuve alguna dificultad para encontrarla de nuevo. Después hice un experimento curioso. Oí un maullido a mi espalda y, al volverme, vi un gato blanco muy delgado y muy sucio, sentado sobre el alféizar de la ventana. Se me ocurrió una idea. «Todo está dispuesto para ti», dije, y, acercándome a la ventana, la abrí y llamé al gato. Acudió ronroneando, porque el pobre animal estaba hambriento, y le di un poco de leche. Guardaba la comida en un armario que había en un rincón de la habitación. Después comenzó a olfatearlo todo, con la evidente intención de instalarse allí. La tela invisible le asustó un poco y enarcó el lomo. Le coloqué cómodamente en la almohada de mi cama y le di mantequilla para que le sirviera de purgante.

—¿Y pusiste en práctica con él tu experimento?

—Sí. Pero ¡narcotizar a un gato no es cosa fácil, Kemp! Y el experimento fracasó.

—¿Fracasó?

—En dos detalles. Estos eran las garras y los pigmentos que tienen los gatos detrás de los ojos. ¿Sabes a lo que me refiero?

—El *tapetum*.

—Sí, el *tapetum*. Se resistió a desaparecer. Cuando le hube dado la materia decolorante y hube puesto en práctica otros detalles, le di opio y lo coloqué, juntamente con la almohada en que dormía, en el aparato. Y cuando todo lo demás se hubo desvanecido y desaparecido, los dos fantasmas de sus ojos continuaron visibles.

—¡Qué curioso!

—No consigo explicármelo. Estaba vendado y atado, por supuesto, de modo que lo tenía indefenso, pero se despertó medio atontado y maulló lastimeramente. Entonces alguien llamó a la puerta. Era una vieja que vivía en el piso inferior y que sospechaba que yo me dedicaba a la vivisección. Una borracha cuyo único interés en el mundo se centraba en su gato. Busqué un poco de cloroformo, se lo apliqué al animal y entreabrí la puerta. «Me pareció oír maullar a un gato», dijo. «A mi gato». «Aquí no está», contesté cortésmente. Ella siguió desconfiando e intentó mirar el interior de la habitación por encima de mi hombro. Seguro que todo aquello le resultó muy extraño. Las paredes desnudas, las ventanas desprovistas de cortinas, el motor de gas en funcionamiento, la ebullición de los puntos irradiantes y el olor a cloroformo en la atmósfera. Al final, debió de quedar satisfecha y se marchó de nuevo.

—¿Cuánto tiempo te llevó el experimento?

—Tres o cuatro horas con el gato. Los huesos, los nervios y la grasa fueron los últimos en desaparecer, así como los extremos del pelo. Y, como te digo, el pigmento que hay en la parte posterior del ojo, un pigmento fuerte e iridiscente, se resistió a desaparecer. Mucho antes de terminar con el experimento, se hizo completamente de noche. Nada era visible excepto los tenues ojos y las garras. Detuve el motor de gas, busqué al tacto el cuerpo del animal, que seguía sin sentido, y lo acaricié. Lo desaté y, como estaba agotado, lo dejé durmiendo en la almohada invisible y me acosté. Pero me costó dormirme. Permanecí despierto pensando en cosas vagas y sin objeto, recordando el experimento detalle por detalle, o soñando febrilmente con que todo se desvanecía a mi alrededor, incluso el suelo bajo mis pies, y de ese modo me despertaba esa recurrente pesadilla vertiginosa de que uno se cae. A eso de las dos, el gato empezó a maullar y a rondar por la habitación. Intenté hacerle callar, hablándole, y después decidí echarle de allí. Recuerdo el sobresalto que experimenté al encender la luz y ver únicamente sus ojos verdes y brillantes colgando en el espacio. Le hubiera dado leche, pero ya no tenía. No podía estarse quieto y permaneció maullando junto a la puerta. Intenté cogerlo para hacerlo salir por la ventana, pero no lo logré. Seguía maullando en diferentes partes de la habitación. Por último, abrí la ventana y me puse a hacer ruido. Supongo que se marcharía por allí. No volví a verlo ni a saber nada más de él.

»Entonces, Dios sabe por qué, empecé a pensar de nuevo en el funeral de mi padre y en la ladera tenebrosa y barrida por el viento. De este modo me sorprendió el día. Comprendí que no podría dormir y, cerrando la puerta de mi habitación, salí a la calle, bañada por el sol de la mañana.

—Así pues, ¿hay un gato invisible por el mundo? —preguntó Kemp.

—Sí. Si no lo han matado —dijo el hombre invisible—. ¿Por qué no?

—¿Por qué no? —repitió Kemp—. Perdón. No quería interrumpirte.

—Probablemente lo hayan matado —dijo el hombre invisible—. Sé que cuatro días después andaba vivo en lo alto de una verja de Great Tichfield Street, porque vi a un grupo de gente en aquel lugar intentando comprender de dónde salían los maullidos. —Guardó silencio durante un minuto y prosiguió en seguida—: Recuerdo claramente la mañana anterior a la transformación. Debí de subir por Great Portland Street, porque me parece que vi los cuarteles de Albany Street y los soldados a caballo que salían. Por fin me encontré en lo alto de Primrose Hill. Era un soleado día de enero, uno de los días de sol y hielo que tuvimos este año antes de las nevadas. Intenté estudiar la situación con mi fatigado cerebro y trazarme un plan de acción.

»Ahora que tenía al alcance de la mano la culminación de mi trabajo, quedé sorprendido al descubrir lo vacío que mi objetivo me resultaba. Me sentía completamente agotado, y el intenso esfuerzo de casi cuatro años de trabajo continuo me había dejado incapacitado para experimentar ningún sentimiento. Estaba apático y me esforcé en vano por recobrar el entusiasmo con que había llevado a cabo mis primeras investigaciones, la pasión por los descubrimientos que me había permitido incluso herir de muerte a mi padre en sus últimos años. Nada parecía importarme. Comprendía perfectamente que aquel estado de ánimo era transitorio y que se debía al exceso de trabajo y a la falta de sueño, y que por medio de drogas o de descanso me sería posible recuperar mis energías.

»Mi idea fija era llevar el asunto hasta el final. Y pronto, porque mi dinero amenazaba con terminarse. Miré alrededor y contemplé a los niños que jugaban, vigilados por sus niñeras, intentando imaginarme las fantásticas ventajas que tendría un hombre invisible en el mundo. Poco después volví a casa, tomé algún alimento y una fuerte dosis de estricnina y me arrojé vestido sobre la cama deshecha. La estricnina es un gran tónico, Kemp, para inyectar energía al hombre.

—Es diabólica —dijo Kemp—. Es el Paleolítico en una botella.

—Me desperté lleno de vigor y algo irritado.

—Sí, conozco esos efectos.

—Alguien estaba llamando a la puerta. Era el casero, profiriendo amenazas y preguntas. Se trataba de un viejo judío polaco vestido siempre con una larga chaqueta gris y zapatillas grasientas. Me dijo que estaba seguro de que durante la noche yo había estado atormentando a un gato. La lengua de la vieja no había permanecido quieta. El judío insistió en querer saber la verdad. Me dijo que las leyes del país contra la vivisección son muy severas y que podrían alcanzarle a él. Negué la existencia del gato. Entonces me dijo que las vibraciones del motor de gas repercutían en toda la casa. Aquello era cierto, efectivamente. Pasó junto a mí y entró en el cuarto. Entonces comenzó a escudriñar por todas partes con sus gafas de plata y yo sentí un repentino temor de que lograra adivinar parte de mi secreto. Intenté colocarme entre él y el aparato de concentración que había inventado, pero lo único que conseguí con ello fue aumentar su curiosidad. ¿Qué es lo que estaba haciendo yo? ¿Por qué estaba siempre solo y no hablaba con nadie? ¿Era algo legal? ¿Era peligroso? Yo no pagaba más que el resto de los inquilinos. Su casa había sido siempre una casa respetable… en un vecindario de mala reputación. De pronto sentí que me invadía la cólera y le ordené que se marchara. Empezó a protestar y a hablar de su derecho a entrar en la habitación. En un instante, le había cogido por el cuello, oí que algo se rasgaba y le lancé dando tumbos al pasillo. Di un portazo, eché el cerrojo y me senté temblando.

»El viejo armó un escándalo en el exterior, pero no le hice caso y, poco después, se marchó.

»Esta escena precipitó los acontecimientos. Yo ignoraba lo que haría y aun lo que podía hacerme. Trasladarme a otra habitación significaría un gran retraso (tenía escasamente veinte libras por todo capital, y casi todo en el banco). No podía permitirme ese lujo. ¡Desaparecer! Era irresistible. Después tendría lugar una investigación, el saqueo de mi habitación.

»Ante la posibilidad de que mi trabajo fuera descubierto o interrumpido en su momento cumbre, sentí que la cólera me invadía y comencé a actuar. Salí corriendo a la calle con mis tres libros de notas y mi talonario de cheques (que ahora están en poder del vagabundo), y, dirigiéndome a la estación de correos más cercana, lo envié a una dirección donde se reciben cartas y paquetes en Great Portland Street. Había intentado salir sin hacer ruido y, al volver, descubrí al patrono subiendo silenciosamente las escaleras. Supongo que había oído la puerta al cerrarse. Te hubieras reído si le hubieras visto echarse a un lado en el descansillo al oír mis pisadas a su espalda. Me miró furioso y yo hice temblar la casa al cerrar de un portazo. Le oí acercarse a la puerta arrastrando los pies, vacilar y bajar de nuevo. Inmediatamente comencé los preparativos.

»Todo quedó terminado aquella noche. Mientras me hallaba sentado bajo la influencia adormecedora de las drogas decolorantes de la sangre, oí repetidas llamadas a mi puerta. Cesaron bruscamente, oí pisadas que se alejaban y volvían y, una vez más, llamaron con los nudillos. Vi entonces que intentaban introducir algo por debajo de la puerta… un papel azul. Irritado, me levanté y abrí la puerta de par en par. "¿Qué?", dije.

»Era el patrono, con una orden de desahucio o algo similar. Me la enseñó. Supongo que le chocaría algo que vio en mis manos y elevó la mirada hasta mi cara.

»Durante unos segundos me miró con la boca abierta. Después lanzó un grito inarticulado, dejó caer la bujía y el documento y salió corriendo atropelladamente por el oscuro pasillo hacia las escaleras. Cerré la puerta, di la vuelta a la llave y me dirigí al espejo. Entonces comprendí su terror… Mi rostro estaba blanco, blanco como el mármol.

»Pero fue horrible. No había contado con el sufrimiento físico. La noche fue de torturante angustia, mareos y desmayos. Apreté los dientes cuando mi piel comenzó a arder, cuando todo mi cuerpo comenzó a arder, y permanecí como muerto. Comprendí entonces por qué el gato había aullado de aquel modo hasta que lo cloroformicé. Afortunadamente, yo vivía solo y sin sirvientes en mi habitación. Hubo momentos en que gemí, sollocé y hablé en voz alta. Pero permanecí firme… Perdí el sentido y desperté agotado en medio de la oscuridad.

»El dolor había cesado. Pensé que me estaba matando, pero me era indiferente. Nunca podré olvidar aquel amanecer y el extraño horror de descubrir que mis manos se habían transformado en algo parecido al cristal y de observar cómo se iban haciendo más y más transparentes según iba avanzando el día, hasta que, al fin, pude ver a través de ellas el terrible desorden de mi habitación a pesar de cerrar los párpados, que eran también transparentes. Mis miembros se hicieron cristalinos, los huesos y las arterias se desvanecieron y los pequeños nervios blancos fueron los últimos en desaparecer. Apreté los dientes y lo soporté todo hasta que acabó… Por fin, solo quedaron de mí las sombras blancas y pálidas de las uñas y la mancha marrón de algún ácido en mis dedos.

»Intenté ponerme en pie. Al principio me sentí tan inútil como un bebé en pañales. Tenía que valerme de miembros que no veía. Estaba muy débil y tenía mucha hambre. Anduve unos pasos y me quedé mirando a la nada que se reflejaba en el espejo, la nada, excepto allí donde aún se veía la sombra, más borrosa que la niebla, de un pigmento tras la retina de mis ojos. Tuve que agarrarme a la mesa y apoyar la frente en el cristal.

»Solo con un terrible esfuerzo de voluntad conseguí arrastrarme hasta el aparato y proseguir el experimento.

»Dormí por la mañana, poniéndome una sábana sobre los ojos para no ver la luz, y alrededor del mediodía me despertó de nuevo una llamada a la puerta. Había recuperado la energía. Me senté, agucé el oído y llegó hasta mí el eco de una conversación en voz baja. Me puse en pie de un salto y, tan silenciosamente como me fue posible, comencé a desempalmar las conexiones de mi aparato y a distribuir sus piezas por toda la habitación, para destruir de aquel modo las posibilidades de que averiguaran su funcionamiento. Poco después, se reanudaron los golpes en la puerta y empezaron a llamarme por mi nombre. Primero, el patrono y, luego, otras dos personas. Para ganar tiempo, les contesté. Encontré el trozo de tela y la almohada invisibles y, tras abrir la ventana, los tiré sobre la tapa de la cisterna de agua. En el momento en que abría la ventana, oí un gran estruendo en la puerta. Alguien se había lanzado contra ella con la idea de descerrajarla. Pero los fuertes pasadores que yo había atornillado hacía pocos días consiguieron impedirles la entrada. Aquello me asustó y me encolerizó. Comencé a temblar y a hacer las cosas precipitadamente.

»Amontoné en el centro de la habitación trozos sueltos de papel de envolver, etcétera, y abrí la llave del gas. Empezaron a retumbar grandes golpes en la puerta. No encontraba las cerillas.

Lleno de ira golpeé la pared con las manos. Cerré de nuevo la llave del gas. Salí por la ventana hasta situarme sobre la tapa del depósito, volví a bajar con cuidado la persiana y me senté, invisible y seguro, en espera de los acontecimientos. Consiguieron romper un panel de la puerta e inmediatamente abrieron los pasadores de los pestillos y permanecieron de pie en el umbral. Eran el patrono y sus dos hijastros, dos jóvenes robustos de veintitrés y veinticuatro años, respectivamente. A su espalda revoloteaba la vieja del piso de abajo.

»Puedes imaginarte su asombro al encontrarse con que la habitación estaba vacía. Uno de los jóvenes se abalanzó inmediatamente hacia la ventana, la abrió y miró al exterior. Vi sus ojos y su cara barbuda y de labios gruesos a diez centímetros de la mía. Sentí la tentación de golpearle, pero conseguí dominarme. Miró a través de mi cuerpo y lo mismo hicieron los demás al reunirse con él. El viejo miró debajo de la cama y, a continuación, todos se dirigieron al armario. Entonces se pusieron a hablar muy excitados, en yiddish y en inglés de los barrios bajos. Decidieron que yo no les había contestado, que había sido un engaño de su imaginación. Un extraordinario regocijo sustituyó a mi cólera mientras permanecía al otro lado de la ventana, contemplando a aquellas cuatro personas (porque la vieja entró también mirando desconfiadamente alrededor) que intentaban comprender el enigma de mi existencia.

»El viejo, por lo que pude entender, estaba de acuerdo con la mujer en que yo era un viviseccionista. Los hijos declararon, en pésimo inglés, que yo era un electricista, basándose en la evidencia de mis resistencias y de mis dínamos. Estaban inquietos temiendo que yo apareciera de un momento a otro, aunque más tarde averigüé que habían cerrado con cerrojo la puerta de entrada. La vieja miró debajo de la cama y en el armario. Uno de mis vecinos, un vendedor ambulante que compartía con un carnicero la habitación contigua a la mía, apareció entonces en el pasillo. Le llamaron y le dijeron cosas incoherentes.

»En aquel momento pensé que las extrañas resistencias y los aparatos que yo poseía me delatarían si caían en manos de alguna persona culta, por lo que esperé una oportunidad, entré en la habitación, separé las pequeñas dínamos y las rompí en pedazos. Después, mientras intentaban explicarse el fenómeno, me deslicé fuera de la habitación y bajé silenciosamente las escaleras.

»Entré en una de las salitas y esperé a que bajaran. Continuaban especulando y argumentando, algo decepcionados al no encontrar "horrores" y un poco inquietos por no saber exactamente cuál era su situación legal respecto a mí. Cuando hubieron bajado al sótano, subí de nuevo con una caja de cerillas, prendí fuego al montón de papeles, coloqué las sillas y la cama encima de las llamas y dejé que el gas hiciera el resto por medio de un tubo de goma…

—¿Prendiste fuego a la casa? —exclamó Kemp.

—¿Que si prendí fuego a la casa? Era el único medio de borrar mis huellas, y no me cabe duda de que estaba asegurada… Descorrí el cerrojo de la puerta principal y salí a la calle. Me había hecho invisible y empezaba a comprender las extraordinarias ventajas que mi invisibilidad me proporcionaba. Mi cabeza estaba ya rebosante de planes para poner en práctica todas las cosas fantásticas y extraordinarias que ahora podía llevar a cabo con absoluta impunidad.

21

En Oxford Street

—Al bajar las escaleras por primera vez, tropecé con una inesperada dificultad, y es que no podía verme los pies. Dos veces estuve a punto de caer, y me movía con desacostumbrada torpeza. Sin embargo, manteniendo la vista apartada del suelo, conseguía andar aceptablemente.

»Como digo, mi estado de ánimo era de júbilo exaltado. Me sentía como un hombre con una vista perfecta, con silenciosas vestiduras, en una ciudad de ciegos. Experimenté locos impulsos de bromear, de asustar a la gente, de darles palmadas en la espalda, de torcerles los sombreros y, en resumen, de aprovecharme de mis extraordinarias ventajas.

»Pero acababa de salir a Great Portland Street (la casa donde yo vivía estaba junto a la gran tienda de telas que hay allí), cuando oí un ruido y recibí un golpe violento en la espalda. Al volverme, vi a un hombre que llevaba una cesta llena de sifones y los contemplaba atónito. Aunque el golpe me había lastimado, me pareció tan cómico su asombro que me eché a reír. "El diablo está dentro de la cesta", le dije quitándosela de la mano. La soltó inmediatamente y yo la levanté en el aire.

»Pero un cochero entrometido, que estaba de pie junto a una

taberna, se precipitó a cogerla y sus dedos extendidos me golpearon con atroz violencia debajo de una oreja. Furioso, le estampé la cesta encima de la cabeza y, entonces, al oír gritos y pisadas que corrían hacia mí, al ver que la gente salía de las tiendas y que los vehículos se detenían, me di cuenta de lo que había hecho y, maldiciendo mi locura, me apoyé en un escaparate dispuesto a escabullirme en medio de la confusión. Si no lo evitaba en seguida, me vería mezclado en un tumulto e inevitablemente me descubrirían. Empujé a un muchacho que, por suerte, no se volvió para mirar al vacío que lo había echado a un lado y me escondí detrás de un coche de caballos. No sé cómo se explicarían lo ocurrido. Crucé corriendo la calle y llegué a la otra acera, que, por fortuna, estaba bastante solitaria. Sin importarme la dirección que tomaba, por el temor a ser descubierto que me había hecho sentir el incidente, me mezclé con los peatones que recorrían Oxford Street.

»Intenté pasar inadvertido, pero había demasiada gente y en seguida empezaron a tropezar con mis talones. Bajé a la calzada, pero la aspereza del pavimento me lastimó las plantas de los pies y, muy pronto, la vara de un coche de caballos me golpeó en un hombro, recordándome que ya había sufrido otras varias contusiones. Me aparté, tambaleándome, evité con movimiento rápido un cochecito de niño y me encontré detrás del cabriolé. Una feliz idea me salvó, y, mientras el caballo seguía al paso, la puse en práctica, temblando y atónito ante el cariz que había tomado mi aventura. Y no solo temblando, sino tiritando de frío. Era un soleado día de enero. Yo estaba completamente desnudo y la delgada capa de barro que cubría la calzada estaba a punto de helarse. Aunque ahora me parece increíble, no se me había ocurrido que, transparente o no, seguía siendo sensible a la temperatura y a sus consecuencias.

»Entonces se me ocurrió de pronto una magnífica idea. Di un rodeo al vehículo y me metí en él. De ese modo, tiritando, asustado, sorbiéndome la nariz con los primeros síntomas de un catarro, dolorido por los golpes que había recibido en la espalda, recorrí Oxford Street y dejé atrás Tottenham Court Road. Mi estado de ánimo era completamente opuesto a aquel con que había salido a la calle diez minutos antes. Esta clase de invisibilidad era algo muy distinto de lo que yo esperaba. El pensamiento que en ese momento me obsesionaba era el modo de salir de aquel aprieto.

»Pasamos lentamente junto a la librería de Mudie y allí, una mujer muy alta, que llevaba cinco o seis libros con etiqueta amarilla, detuvo el coche. Salté al suelo y evité por cuestión de milímetros que se me sentara encima, salvándome de milagro de que me atropellara un tranvía. Me dirigí hacia Bloomsbury Square con la intención de dejar atrás el Museo Británico y llegar a un sitio más tranquilo. Tenía un frío espantoso y lo extraño de mi situación me hizo perder de tal modo el dominio de mis nervios que sollozaba mientras corría. En una de las esquinas de la plaza, un perrillo blanco salió de las oficinas de la Sociedad de Farmacéuticos e inmediatamente echó a correr en mi dirección pegando la nariz al suelo.

»No lo había pensado antes, pero el hecho es que la nariz es para el perro lo que los ojos para el hombre. Los perros huelen al hombre, del mismo modo que los hombres perciben su apariencia visible. Aquel animal empezó a ladrar y a dar saltos demostrando a las claras que advertía mi presencia. Crucé Great Russell Street mirando hacia atrás, y ya había recorrido unas manzanas de Montague Street cuando me di cuenta del nuevo peligro en que me encontraba.

»Oí un sonido de trompetas y, al mirar al lugar de donde procedía, distinguí a un grupo de personas que salían de Russell

Square vestidas con jerséis escarlata y que llevaban delante la bandera del Ejército de Salvación. Comprendí que nunca conseguiría atravesar aquella barrera humana que cantaba por la calzada, ni los grupos que los contemplaban en las aceras, y, como no quería retroceder y apartarme de nuevo de mi punto de destino, obedecí a un impulso momentáneo y me subí a los escalones blancos de un edificio que se alzaba junto al museo. Permanecí allí esperando a que pasara el desfile. Afortunadamente, el perro se detuvo al oír el ruido de la banda de música, titubeó, y después, dando media vuelta, echó a correr de nuevo hacia Bloomsbury Square.

»La banda, mientras tanto, seguía avanzando, entonando con inconsciente ironía un himno titulado algo así como "¿Cuándo le veremos la cara?". El tiempo se me hizo interminable mientras la gente pasaba por delante de mí. Los tambores resonaban y, de momento, no observé que dos chiquillos se detenían junto a mí. "¡Mira!", dijo uno de ellos. "¿Qué?", preguntó el otro. "¿No las ves? Son huellas de un pie descalzo, como si alguien hubiera pisado el barro".

»Vi que los dos chicos se habían parado y miraban con la boca abierta las huellas que yo había ido dejando en los escalones recién pintados. La gente los empujaba al pasar, pero su condenada imaginación les impedía moverse de allí. "Pom, pom, pom, cuándo, pom, le veremos, pom, la cara, pom, pom". "Juraría que un hombre descalzo ha subido estas escaleras", decía uno de los chicos, "y no ha vuelto a bajar. Y le sangraba un pie".

»La mayor parte del gentío ya había pasado. "¡Mira, Ted!", dijo el más joven de los detectives con aire de sorpresa, señalando a mis pies. Bajé la vista y vi que las salpicaduras de barro delineaban una vaga insinuación de su contorno. Por un momento quedé paralizado de miedo.

»"¡Qué raro!", dijo el mayor. "¡Muy raro! Es como la sombra de un pie, ¿verdad?". Titubeó un momento y avanzó con la mano extendida. Un hombre se detuvo para ver qué era lo que quería agarrar y una joven le imitó. Segundos después, me habrían tocado. Entonces comprendí cuál era la solución. Di un paso que obligó al chiquillo a echarse atrás con una exclamación y, con un rápido movimiento, salté al portal de la casa vecina. Pero el más pequeño de los chiquillos fue lo bastante listo como para comprender algo de lo que ocurría y, antes de que yo bajara los escalones y llegara a la acera, se había recuperado de su asombro momentáneo y empezó a decir a gritos que los pies se habían ido por la pared.

»Todos acudieron corriendo y descubrieron mis nuevas huellas en el escalón inferior y en la acera. "¿Qué ocurre?", preguntó alguien. "¡Pies! ¡Mire! ¡Pies que corren solos!".

»Todo el mundo, excepto mis tres perseguidores, marchaba detrás del Ejército de Salvación, obstaculizándonos el paso tanto a mí como a ellos. Se miraron unos a otros, sorprendidos e interrogantes. Sin conseguir evitar el tropezar con un muchacho, logré salir a un claro y, un momento después, eché a correr por el circuito de Russell Square, mientras seis o siete personas estupefactas seguían mis huellas. No tenía tiempo que perder en explicaciones si quería evitar que toda la multitud me persiguiera.

»Dos veces intenté despistarlos doblando esquinas, por tres veces crucé la calle y volví pisando sobre mis huellas anteriores y, a la vez que mis pies iban calentándose y secándose, las húmedas huellas comenzaron a desvanecerse. Por fin tuve un momento de respiro, me quité el barro de los pies con las manos y de ese modo me salvé. Lo último que recuerdo de aquel incidente es un pequeño grupo de unas doce personas estudiando con infinita perplejidad una huella que seguía secándose lentamente y que se debía a que yo había pisado un charco en Tavistock Square. Una huella tan aislada e incomprensible para ellos como el solitario descubrimiento de Robinson Crusoe.

»Aquella carrera me hizo entrar en calor hasta cierto punto y continué con más ánimo mi camino por las calles menos frecuentadas de aquella zona. Me dolía mucho la espalda y también la garganta, donde me había golpeado el cochero. La piel de mi cuello estaba arañada por sus uñas, tenía los pies doloridos y una pequeña herida en uno de ellos me hacía cojear. Vi a tiempo a un ciego que se aproximaba y hui inmediatamente, pues temía la sutileza de su instinto. Tropecé de forma accidental una o dos veces con los peatones y los dejé atónitos al murmurar imprecaciones junto a ellos. Después, algo silencioso y lento me tocó la cara y sobre la plaza descendió un fino velo de lentos copos de nieve. Había cogido un resfriado y, a pesar de todos los esfuerzos, no podía evitar estornudar de vez en cuando. Y cada perro que se aproximaba con el hocico en alto me infundía terror.

»Poco después vi que se acercaban hombres y niños corriendo y gritando. Había un incendio en la vecindad. Corrían en dirección a mi casa y, al mirar por la bocacalle, vislumbré una columna de humo que se elevaba por encima de los tejados y de los cables telefónicos. No me cabía duda de que el incendio era en mi casa. Allí estaban mi ropa, mis aparatos y todas mis posesiones, excepto el talonario de cheques y los tres cuadernos de apuntes que esperaban a ser recogidos en Great Portland Street. Había quemado mis naves y no podía volverme atrás. Toda la casa estaba en llamas.

El hombre invisible hizo una pausa. Kemp miró nerviosamente por la ventana.

—Sí —dijo—. Continúa.

22

En los grandes almacenes

—De aquel modo, en el mes de enero, con una tormenta de nieve a punto de caer (que, si cuajaba encima de mí, me delataría inevitablemente), cansado, helado, dolorido, sintiéndome profundamente desdichado y no muy convencido aún del hecho de mi invisibilidad, empecé esta nueva vida. No tenía refugio, ni recursos, ni ser humano en quien confiar en el mundo entero. Revelar mi secreto significaría delatarme, convertirme en un espectáculo y en un fenómeno extraño. A pesar de todo, sentí impulsos de acercarme a la primera persona que se cruzara en mi camino y ponerme en sus manos. Pero comprendía claramente el terror que mis explicaciones causarían. No podía hacer proyectos en la calle. Ante todo tenía que resguardarme de la nieve, cubrirme y calentarme. Entonces podría trazar planes. Pero incluso para mí, un hombre invisible, todas las casas de Londres estaban cerradas con llaves y cerrojos y me resultaban inexpugnables.

»Solo una cosa veía clara: el frío y el dolor de una nevada en aquella noche solitaria.

»Y entonces se me ocurrió una idea feliz. Eché a andar por una de las calles que van de Gower Street a Tottenham Court Road y me encontré en la puerta de Omniums, los grandes almacenes donde se vende de todo. Supongo que los conocerás; venden carne, comestibles, ropa, muebles, telas, pinturas… Una colección de tiendas en una sola. Creí que encontraría la puerta abierta, pero estaba cerrada. Mientras permanecí junto a ella un carruaje se detuvo a mi lado, y un hombre uniformado (ya sabes, uno de esos personajes con la palabra Omniums en la gorra) abrió la puerta de par en par. Conseguí entrar y, recorriendo la tienda (me encontraba en una sección donde vendían cintas, guantes, medias, etcétera), llegué a otra sección más espaciosa dedicada a la venta de cestas y muebles de mimbre.

»Pero no me sentía a salvo, pues los clientes iban de un lado para otro, y recorrí inquieto los diferentes departamentos hasta que, al fin, llegué a una sección del piso superior donde se vendían camas. Trepé por encima de algunas de ellas que se hallaban desarmadas y, por último, logré descansar encima de una enorme pila de colchones de guata plegados. Ya habían encendido las luces y en la tienda reinaba una agradable temperatura. Decidí permanecer escondido donde estaba, vigilando a los dos o tres clientes y empleados que andaban por allí hasta que llegara la hora de cerrar. Supuse que entonces podría robar comida y ropa y, oculto, buscar lo que pudiera hacerme falta y dormir en alguna cama. El plan parecía aceptable. Mi idea era procurarme ropa adecuada para convertirme en una figura embozada pero presentable; robar algún dinero para recuperar mis libros, tomar una habitación en alguna parte y trazar planes para el completo disfrute de las ventajas que, según entonces seguía creyendo, me concedía mi invisibilidad sobre el resto de los hombres.

»El momento del cierre llegó muy pronto. No habría pasado una hora desde que me subí a la pila de colchones, cuando observé que bajaban las persianas y que los clientes se dirigían a la puerta. Entonces varios empleados empezaron a recoger con extraordinaria presteza las mercancías que se hallaban en desorden sobre los mostradores. Al vaciarse el local, dejé mi escondite y recorrí con precaución las secciones menos abandonadas de la tienda. Quedé verdaderamente sorprendido al observar la rapidez con que hombres y mujeres guardaban los objetos que durante el día habían estado expuestos para su venta. Las cajas, las piezas de telas y de encajes, las cestas de dulces, etcétera, fueron desapareciendo una por una, y todo cuanto no podía guardarse en cajones o en receptáculos especiales lo cubrían con un género fuerte, como de saco. Por último, colocaron todas las sillas sobre los mostradores, despejaron los suelos. Cuando uno de los empleados terminaba su cometido, él o ella se dirigía rápidamente hacia la puerta, con una expresión tan animada como pocas veces he visto en un dependiente. Después, acudieron varios chiquillos que esparcían serrín y llevaban en las manos recogedores y cepillos. Tuve que permanecer alerta para no hacer evidente mi presencia y, aun así, uno de mis tobillos quedó cubierto de serrín. Durante algún tiempo estuve oyendo el rumor de los cepillos mientras vagaba por los abandonados y oscuros departamentos y, por fin, más de una hora después del cierre de la tienda, llegó hasta mí el eco de las puertas al cerrarse definitivamente. El silencio envolvió el local y me encontré solo en medio de innumerables departamentos, galerías y escaparates. Recuerdo que me acerqué a una de las entradas que daba a Tottenham Court Road y escuché las pisadas de los peatones por la acera.

»Mi primera visita fue al lugar donde había visto medias y guantes. Estaba muy oscuro y me costó encontrar cerillas, pero al fin di con ellas en uno de los cajones del escritorio de la cajera. Después me procuré una vela. Tuve que deshacer paquetes y registrar una gran cantidad de cajas y cajones, pero finalmente conseguí encontrar lo que buscaba, la caja etiquetada CALZONCILLOS Y CAMISETAS DE LANA. A continuación me puse calcetines, una bufanda y después me dirigí a la sección de ropa y me puse unos pantalones, una chaqueta, un abrigo y un sombrero, una especie de sombrero de clérigo con el ala inclinada hacia abajo. Comencé a sentirme otra vez como un ser humano, y mi siguiente pensamiento fue buscar comida.

»En el piso superior hallé carne fría. Encontré también café; encendí el gas, lo calenté y con eso calmé mi apetito. Más tarde, recorriendo el almacén en busca de mantas (al fin tuve que conformarme con un montón de edredones de pluma), tropecé con la sección de confitería, donde había gran cantidad de chocolate y frutas escarchadas, que tomé acompañadas de vino blanco. Junto a ella había una sección de juguetes. Entonces tuve una idea. Encontré una nariz de cartón para disfraz, y esto me hizo pensar en unas gafas negras. Pero en Omniums no había departamento de óptica. La nariz me había presentado algunas dificultades. Había ideado pintármela; pero el descubrimiento de la sección de juguetes me hizo pensar en pelucas, caretas, etcétera. Finalmente, me dormí sobre un montón de edredones de pluma, muy abrigado y cómodo.

»Mis últimos pensamientos antes de dormir fueron los más agradables que había tenido desde mi transformación. Me hallaba en un estado de bienestar físico, y esto influyó en mi ánimo. Pensé que me iba a ser fácil deslizarme a la calle por la mañana sin ser observado, con la ropa que había adquirido, tapándome la cara con una bufanda. Pensaba salir a comprar gafas con el dinero que había robado y completar de este modo mi disfraz. Me sumí en sueños desordenados en los que se mezclaron todos los sucesos extraordinarios que me habían ocurrido durante los últimos días. Vi al pequeño patrono judío vociferando en sus habitaciones, vi a sus dos hijos haciendo conjeturas, y vi también la expresión de la vieja al escudriñar los rincones de mi cuarto en busca del gato. Experimenté de nuevo la extraña sensación de ver desvanecerse la tela blanca y creí hallarme, una vez más, en la colina bañada por el viento y oír musitar al vicario: "La tierra volverá a la tierra, las cenizas a las cenizas, el polvo al polvo", junto a la fosa abierta donde acababan de enterrar a mi padre.

»"Tú también", dijo una voz, y de pronto me vi empujado hacia la tumba. Forcejeé, grité, apelé a los concurrentes, pero ellos continuaron en silencio, escuchando las palabras del vicario. Tampoco este se interrumpió y siguió pronunciando las frases del ritual, sorbiéndose la nariz. Comprendí que yo era invisible e inaudible y que unas fuerzas sobrenaturales se habían apoderado de mí. Luché en vano, caí por el borde de la fosa, el ataúd resonó bajo el peso de mi cuerpo y sentí que la tierra me caía encima con fuerza. Nadie se preocupaba de mí. Nadie advertía mi existencia. Luché denodadamente y desperté.

»La pálida aurora londinense había llegado. El lugar estaba inundado de una luz gris y gélida que se filtraba por las ranuras de las persianas. Me senté y, durante unos instantes, permanecí preguntándome el significado de aquel amplio departamento con sus mostradores, sus pilas de piezas de tela, sus montones de sábanas y almohadones y sus columnas de hierro. Entonces, al recordar al fin con claridad, llegó hasta mí el rumor de una conversación.

»Desde el otro extremo del local, envueltos en una luz más brillante por haber levantado las persianas de aquella zona, vi que dos hombres se aproximaban. Me puse en pie buscando un lugar por donde escapar y el sonido de mis movimientos los advirtió de mi presencia. Supongo que vieron solo una figura que se alejaba silenciosa y rápidamente. "¿Qué es eso?", preguntó uno de ellos. "¡Alto!", gritó el otro. Doblé una esquina y me tropecé con un muchacho de unos quince años. No olvides que yo era una figura sin cabeza. Dio un alarido y yo le empujé a un lado, doblé otra esquina y, siguiendo una feliz inspiración, me arrojé detrás de un mostrador. Segundos después, vi una serie de pies que pasaban junto a mí y oí voces que gritaban "¡Vigilad las puertas!", que se preguntaban unos a otros lo que ocurría y se daban consejos para atraparme.

»Mientras permanecí en el suelo, me sentía completamente aterrado. Pero, aunque te parezca extraño, no se me ocurrió quitarme la ropa, que era lo que debía haber hecho. Supongo que estaba decidido a escaparme vestido y esta idea dominaba a todas las demás. Después, desde el otro extremo de la perspectiva de mostradores, oí que gritaban: "¡Aquí está!".

»Me puse en pie de un salto, cogí una silla de las que estaban encima del mostrador y la arrojé a la cabeza del idiota que había gritado. Eché a correr, tropecé con otro empleado en una esquina, le eché a un lado con violencia y comencé a subir los escalones. Él recobró el equilibrio, avisó de un grito a los demás y subió corriendo, pisándome los talones. Descubrí en lo alto una pila de vasijas de colores… ¿sabes a lo que me refiero?

—Vasijas de manualidades, supongo —dijo Kemp.

—¡Eso es! Bueno, pues al llegar a lo alto de las escaleras, cogí una de ellas y se la rompí en la cabeza cuando se me acercó. Toda la pila cayó entonces al suelo con estrépito y oí gritos y pisadas por todas partes. Me dirigí a la sección de refrescos. Allí había un hombre vestido de blanco como un cocinero que se unió a la persecución. Eché a correr con desesperación, una vez más, y me encontré entre lámparas y objetos de hierro tallado. Me escondí detrás del mostrador y esperé al cocinero. Cuando llegó, a la cabeza del grupo, le golpeé con fuerza con una lámpara. Cayó al suelo y yo, arrodillándome detrás del mostrador, comencé a quitarme la ropa tan deprisa como me fue posible. Me resultó fácil despojarme del abrigo, la chaqueta, los pantalones y los zapatos, pero una camiseta de lana se adhiere al cuerpo como una nueva piel. Los hombres se acercaban, mi cocinero estaba inmóvil en el suelo al otro lado del mostrador, sin sentido o tan asustado que le era imposible hablar. Yo tenía que intentar de nuevo salir, como un conejo acorralado.

»"¡Por aquí, guardia!", oí que gritaba alguien. Me encontré de nuevo en el departamento de venta de camas y vi que, al final, había varios armarios. Me dirigí hacia ellos precipitadamente, me escondí y, después de infinitos esfuerzos, me liberé de la camiseta. Me hallaba de nuevo libre, jadeante y asustado cuando el policía y tres de los empleados entraron en el departamento. Se dirigieron en línea recta adonde estaban la camiseta y los calzoncillos de lana y cogieron los pantalones. "Está deshaciéndose de lo que ha robado —dijo uno de los empleados—. Tiene que estar por aquí".

»Pero, a pesar de todo, no consiguieron encontrarme.

»Permanecí durante algún tiempo observándolos mientras me buscaban y maldiciendo mi mala suerte por tener que deshacerme de la ropa. Después entré en el departamento de refrescos, bebí un poco de leche que encontré allí y me senté junto al fuego para reflexionar sobre mi situación.

»Al poco tiempo entraron dos empleados y empezaron a hablar del asunto. Oí una magnífica exposición de mis crímenes y varias teorías acerca de mi posible escondite. Sin escuchar más, comencé de nuevo a hacer planes. La principal dificultad consistía, ahora que se había dado la voz de alarma, en sacar las cosas del almacén. Bajé al primer piso para ver si había alguna posibilidad de hacer un paquete y escribir una dirección en la etiqueta, pero no conseguí entender el sistema de envío. A eso de las once, viendo que la nieve se derretía al caer y que hacía mejor día y menos frío que el anterior, decidí que no conseguía sacar ventaja de Omniums y salí de nuevo a la calle, exasperado por mi falta de éxito y sin haber trazado ningún plan de acción definitivo.

23

En Drury Lane

—Empezarás a darte cuenta —dijo el hombre invisible— de la desventaja de mi situación. No tenía refugio ni ropa, y vestirme era perder todas mis ventajas y convertirme en un ser extraño y terrible. Tenía que guardar ayuno forzoso, porque al comer, al llenarme con sustancia no asimilada, me hacía grotescamente visible de nuevo.

—Eso no se me había ocurrido —dijo Kemp.

—Ni a mí. Y la nieve me había advertido de otros peligros. No podía salir a la calle cuando nevara, porque, al posarse los copos sobre mí, me delatarían. La lluvia, por su parte, me convertiría en una sombra acuosa, en la superficie brillante de un hombre, en una burbuja. Y en la niebla, sería una burbuja más confusa, un contorno, un destello grasiento de humanidad. Además, al salir a la calle, en Londres, se me comenzó a amontonar polvo y hollín sobre la piel. No sabía cuánto tiempo tardaría en hacerme visible por esa causa, pero comprendí claramente que no sería mucho.

»Al menos, no en Londres.

»Me dirigí hacia Great Portland Street y me encontré al extremo de la calle donde había vivido. No fui en dirección a mi casa porque había un grupo de gente frente a las ruinas, aún humeantes, del edificio que yo había incendiado. Mi inmediato problema era adquirir algo de ropa. Entonces vi, en una de esas tiendas donde se venden juguetes, dulces, papeles de colores, objetos de Navidad y tantas otras cosas, un despliegue de máscaras y narices postizas, y recordé la idea que se me había ocurrido en Omniums. Volví atrás, ahora con un objetivo fijo, y, dando varios rodeos para evitar las calles concurridas, fui en dirección a la parte norte del Strand, porque recordaba que algunos vendedores de trajes para el teatro tenían tiendas en ese distrito.

»Hacía mucho frío y un viento cortante barría las calles que daban al norte. Yo andaba deprisa para evitar que me adelantasen. Cada cruce era un peligro; cada peatón, algo que había que vigilar con cuidado. Cuando estaba a punto de adelantar a un hombre que andaba por Bedford Street, se volvió bruscamente y tropezó conmigo, enviándome a la calzada, donde estuve a punto de ser atropellado por un coche que pasaba en aquel momento. El veredicto del cochero fue que el peatón había sufrido una especie de ataque. Este tropiezo me dejó tan acobardado, que me dirigí al mercado de Covent Garden y permanecí sentado durante algún tiempo en un rincón tranquilo, junto a un puesto de violetas, tembloroso y sin respiración. Descubrí que había cogido un nuevo resfriado y tuve que salir al exterior casi inmediatamente por miedo a que mis estornudos llamaran la atención.

»Por fin encontré lo que buscaba, una tiendecita sucia y oscura en una callejuela lateral cerca de Drury Lane, con un escaparate lleno de trajes de lentejuelas, joyas falsas, pelucas, zapatillas, dominós y fotografías de teatro. Era una tienda anticuada y tenebrosa, y el edificio que se alzaba sobre ella tenía cuatro pisos igualmente oscuros. Miré por la ventana y, al no distinguir a nadie dentro, entré. Cuando abrí la puerta, una campana comenzó a sonar de un modo estridente. La dejé abierta y me dirigí a un rincón, detrás de un gran espejo. Pasó un minuto sin que nadie apareciera. Después oí fuertes pisadas que atravesaban una habitación y vi a un hombre que entraba en la tienda.

»Mis planes estaban ahora perfectamente definidos. Me proponía entrar en la casa, subir a hurtadillas al piso de arriba, esperar la oportunidad y, cuando todo estuviera silencioso, revolver las mercancías hasta dar con una peluca, una máscara, un par de gafas y un traje, y salir después al mundo convertido en una figura quizá grotesca pero, al menos, aceptable. Al mismo tiempo, por supuesto, pensaba robar el dinero que encontrara.

»El hombre que entró en la tienda era un individuo de baja estatura, jorobado, de pobladas cejas negras, de brazos largos y piernas muy cortas y arqueadas. Por lo visto, yo había interrumpido su comida. Escudriñó la tienda con expresión expectante. Esta cambió a una de sorpresa y, después, de ira, al ver que la tienda estaba vacía. "¡Malditos chiquillos!", dijo. Salió a la puerta y recorrió la calle con la vista en todas direcciones. Un minuto después volvió a entrar, dio un furioso puntapié a la puerta y entró murmurando en la vivienda.

»Di unos pasos para seguirle y, al percibir el ruido de mi movimiento, se detuvo en seco. Yo le imité, sobresaltado por su extraordinaria sensibilidad auditiva. Entonces me dio con la puerta en las narices.

»Durante unos instantes titubeé, y de pronto, oí sus pasos que volvían y vi que la puerta se abría de nuevo. Escudriñó la tienda con el aire de quien no está satisfecho del todo y, después, murmurando para sí, miró detrás del mostrador y de varios maniquíes. Hecho esto, permaneció en el centro del local, indeciso. Había dejado la puerta abierta y logré deslizarme a la habitación interior.

»Se trataba de un cuarto muy pequeño, pobremente amueblado, en un rincón del cual había un gran número de caretas. Sobre la mesa esperaba su maldito desayuno. Me resultó exasperante, Kemp, verme obligado a oler su café y a permanecer inmóvil contemplándole cuando volvió y se dispuso a seguir comiendo. Además, sus modales vulgares me irritaron. Tres puertas daban a aquella habitación. Por una de ellas se subía al piso de arriba y por otra se bajaba al sótano, pero todas estaban cerradas. No me sería posible salir de la estancia mientras él estuviera en ella. Apenas podía moverme porque todos sus sentidos estaban alerta, y una corriente de aire frío me daba en la espalda. Dos veces ahogué con grandes dificultades un estornudo.

»La espectacular cualidad de mis sensaciones era muy curiosa y nueva, pero, mucho antes de que terminara su desayuno, me encontraba terriblemente cansado y furioso. Por fin, dio término a su comida, colocó sus condenados cacharros en la bandeja negra de metal sobre la cual estaba la tetera y, reuniendo las migas en el mantel lleno de manchas de mostaza, se lo llevó todo consigo. Su carga le impidió cerrar la puerta tras de sí, como sin duda habría hecho de tener las manos libres. Nunca vi a un hombre que tuviera tan desarrollada como él la manía de cerrar las puertas. Le seguí hasta una cocina muy sucia en el sótano que a la vez era lavadero. Tuve el gusto de observarle cuando se puso a fregar y, después, al comprender que no sacaría ninguna ventaja permaneciendo allí, y puesto que el suelo de baldosas me resultaba muy frío, volví al piso de arriba y me senté en su silla, junto al fuego. Como se estaba apagando, añadí, inconscientemente, un poco de carbón. El ruido le hizo subir al momento y miró colérico por todas partes. Inspeccionó la habitación y estuvo a punto de tocarme. Ni siquiera después de ese examen meticuloso pareció quedar satisfecho. Se detuvo en el umbral y lo escudriñó todo de nuevo, antes de bajar.

»Esperé en aquella salita lo que me pareció un siglo, hasta que, por último, subió y abrió la puerta que daba a las escaleras ascendentes. Le seguí, pisándole los talones.

»En la escalera se detuvo de repente, de modo que por muy poco no tropecé con él. Miró hacia abajo a través de mi cara, sin dejar de escuchar. "Hubiera jurado…", dijo. Con su mano larga y peluda se tiró del labio inferior y sus ojos recorrieron las escaleras de un extremo a otro. Entonces gruñó y siguió subiendo.

»Puso la mano en el picaporte de una puerta y allí se detuvo una vez más, con la misma expresión de cólera retratada en el semblante. Advertía perfectamente el débil sonido de mis movimientos junto a él. Aquel hombre debía de tener un sentido del oído diabólicamente desarrollado. De pronto la ira le dominó: "Si hay alguien en la casa…", gritó con un juramento, sin terminar su amenaza. Se llevó la mano al bolsillo, no encontró lo que buscaba y, pasando junto a mí, bajó las escaleras haciendo mucho ruido y dispuesto a pelear. Pero yo no le seguí, sino que permanecí en lo alto de las escaleras hasta su regreso.

»Poco después vi que subía de nuevo, murmurando aún. Abrió la puerta de la habitación y, sin darme tiempo a entrar, me la cerró en las narices.

»Decidí explorar la casa y pasé algún tiempo haciéndolo, tan silenciosamente como me fue posible. Era muy vieja y destartalada, tan húmeda que el papel de las paredes se caía a tiras, y estaba infestada de ratas. Casi todos los picaportes de las puertas chirriaban, y no me atreví a tocarlos. Algunas de las habitaciones que inspeccioné estaban sin muebles, y otras estaban llenas de objetos de teatro comprados de segunda mano, a juzgar por su apariencia. En la habitación contigua a la suya encontré una gran cantidad de ropa. Me puse a rebuscar entre ella y, dominado por la ansiedad, olvidé de nuevo la agudeza evidente de su oído. Oí pasos cautelosos y, levantando la vista a tiempo, vi que examinaba el montón desordenado de ropa y trastos viejos, con un anticuado revólver en la mano. Permanecí completamente inmóvil mientras él miraba por todos los rincones con la boca abierta, lleno de desconfianza. "Debe de haber sido ella", dijo lentamente. "¡Maldita sea!".

»Cerró la puerta sin ruido y en seguida oí que la llave giraba en la cerradura. Entonces, sus pisadas se alejaron. Comprendí que estaba encerrado, y durante un minuto no supe qué hacer. Anduve de la puerta a la ventana y permanecí perplejo. Una ola de cólera me invadió. Pero decidí inspeccionar la ropa antes que nada. En uno de mis primeros intentos dejé caer al suelo un montón de trajes de uno de los estantes superiores. El ruido le hizo volver, más siniestro que nunca. Esta vez llegó a tocarme, retrocedió de un salto, estupefacto, y permaneció asombrado en el centro de la habitación.

»Al poco rato se calmó. "Ratas", dijo en voz baja tirándose del labio. Era evidente que estaba un poco asustado. Salí furtivamente de la habitación, sin poder evitar un crujido de una madera. Entonces aquel bruto infernal se puso a recorrer toda la casa, revólver en mano, cerrando puerta tras puerta con llave y guardándose después el llavero en el bolsillo. Cuando comprendí lo que se proponía, sentí que me dominaba la ira. A duras penas logré calmarme para esperar el momento oportuno. Por entonces yo ya sabía que aquel hombre estaba solo en la casa. Así pues, sin esperar más, le golpeé en la cabeza.

—¿Le golpeaste? —exclamó Kemp.

—Sí, le dejé sin sentido mientras bajaba las escaleras. Le arrojé un taburete que había en el descansillo y bajó rodando como un saco de botas viejas.

—¡Pero…! Las leyes más elementales de la humanidad…

—Están muy bien para la gente normal. Pero el hecho es, Kemp, que tenía que salir disfrazado de aquella casa sin que me vieran y no se me ocurrió otro medio más eficaz de conseguirlo. Después, le amordacé con un chaleco Luis XIV y le envolví en una sábana.

—¡Le envolviste en una sábana!

—Hice con ella una especie de bolsa. Fue una buena idea para mantener a aquel idiota asustado e inmóvil. Y, además, era muy difícil que se librara de ella… Eso sin contar la cuerda con que le até. Mi querido Kemp, es inútil que me mires indignado como si hubiera cometido un asesinato. Aquel hombre tenía un revólver. Si me hubiera descubierto, habría podido delatarme…

—Pero… —dijo Kemp—. En Inglaterra… Hoy en día… Además, aquel hombre estaba en su casa y tú, al fin y al cabo, estabas… robando.

—¡Robando! ¡Maldita sea! ¡Acabarás por llamarme ladrón! Francamente, Kemp, no creí que fueras tan anticuado. No te das cuenta de la situación en que me encontraba.

—¡Y él también! —dijo Kemp.

El hombre invisible se puso en pie bruscamente.

—¿Qué quieres decir con eso?

La expresión del rostro de Kemp se endureció. Estuvo a punto de hablar, pero logró dominarse.

—Bueno, supongo que después de todo no tuviste más remedio que hacerlo —dijo cambiando de actitud—. Estabas en un apuro, pero…

—Claro que estaba en un apuro. ¡En un apuro infernal! Y, además, consiguió ponerme furioso con su búsqueda persistente, con su revólver y con su manía de cerrar las puertas con llave. Era sencillamente exasperante. No me lo reprochas, ¿verdad?

—Nunca hago reproches a nadie —respondió Kemp—. Eso está ya anticuado. ¿Qué hiciste después?

—Tenía hambre. En el piso de arriba encontré algo de pan y un pedazo de queso rancio. Bebí un poco de coñac con agua y pasé por encima del improvisado paquete (estaba completamente inmóvil) en dirección a la habitación en la que había visto aquella ropa. Por la ventana, enmarcada por dos mugrientas cortinas de encajes, se veía la calle. Me acerqué y miré al exterior por las ranuras. Hacía un hermoso día, que contrastaba con las sombras de la tenebrosa casa en que me encontraba. Un día deslumbradoramente radiante. El tráfico de la calle era intenso: carros de frutas, un cabriolé, un coche lleno de cajas y el carro de un pescadero. Me volví a inspeccionar el mobiliario sombrío mientras motas de color danzaban ante mi vista. Mi exaltación comenzaba de nuevo a dar lugar a una profunda aprensión ante la situación en que me encontraba. La habitación olía levemente a benzol, que supongo utilizaría para limpiar la ropa.

»Comencé a hacer un registro sistemático. Deduje que el jorobado debía de vivir desde hacía algún tiempo solo en la casa. Era un hombre extraño… Reuní en el ropero todo cuanto podía servirme y, después, hice una selección. Encontré una cartera que me pareció útil, y polvos blancos, pinturas y esparadrapo.

»Al principio había pensado pintarme la cara y cuantas partes de mi cuerpo quedaran a la vista, a fin de hacerme visible. Mas para ello necesitaba trementina y otros utensilios, además de un tiempo considerable para desaparecer de nuevo. Al final, elegí una nariz de las buenas, ligeramente grotesca pero no más que muchos seres humanos, gafas oscuras, patillas canosas y una peluca. No encontré ropa interior, pero eso podría comprarlo más tarde y, de momento, me enfundé en un disfraz de dominó de algodón y unas cuantas bufandas de cachemira blanca. No encontré calcetines, pero las botas del jorobado me estaban bastante amplias y bastaban por el momento. En uno de los cajones del escritorio encontré tres libras y unos treinta chelines y, en un armario cerrado con llave que descubrí en la primera habitación, había ocho libras, estas de oro. De nuevo estaba equipado para salir al mundo.

»Pero entonces vacilé. ¿Era en verdad aceptable mi aspecto? Me miré en un espejo de tocador inspeccionándome de pies a cabeza desde diversos ángulos para descubrir algún fallo, pero no conseguí hallar ninguno. Resultaba una figura grotesca y teatral, pero no era, ciertamente, de una imposibilidad física. Reuniendo todo mi valor, bajé el espejito a la tienda, eché las cortinas y acabé de mirarme con la ayuda del espejo de cuerpo entero que había en un rincón.

»Pasé varios minutos sin acabar de decidirme y, al fin, abrí la puerta de entrada y salí a la calle dejando al hombrecillo que saliera de la sábana como y cuando pudiera. Cinco minutos después, diez o doce manzanas me separaban de la tienda. Nadie parecía fijarse en mí de manera especial. La última de mis dificultades parecía resuelta.

Durante unos instantes, el hombre invisible guardó silencio.

—¿Y no volviste a ocuparte del jorobado? —dijo Kemp.

—No —respondió el hombre invisible—. No he sabido lo que fue de él. Supongo que se desató o que desgarró la sábana para salir. Probablemente haría esto último, porque até los nudos con fuerza.

Guardó silencio, se acercó a la ventana y miró al exterior.

—¿Qué pasó cuando saliste al Strand?

—¡Oh! Sufrí una nueva decepción. Creí que mis apuros habían terminado y pensé que podía hacer impunemente cuanto se me antojara. Todo menos revelar mi secreto. Eso creí. Lo que hiciera y las consecuencias que se derivaran no me importaba en absoluto. En caso de apuro, no tenía más que arrojar a un lado mi ropa y desaparecer. Nadie podría capturarme. Podía coger dinero de donde lo encontrara. Decidí darme un opíparo banquete y, después, acercarme a un buen hotel y acumular nuevos bienes. Me sentía extraordinariamente alegre y confiado. No me resulta agradable reconocer que fui un idiota. Entré en un restaurante y estaba ya eligiendo el menú, cuando recordé que no podía comer sin exponer a la luz mi cara invisible. Terminé de dar las órdenes al camarero, le dije que necesitaba alejarme durante diez minutos y salí a la calle exasperado. No sé si alguna vez tu apetito ha quedado defraudado.

—No hasta ese extremo —dijo Kemp—. Pero me imagino lo que debe de ser.

—Me hubiera gustado golpear a todo el mundo. Por fin, sin poder controlar mi deseo de una comida abundante, entré en otro local y solicité una habitación privada. "Estoy terriblemente desfigurado", dije. Me miraron con curiosidad, pero, como aquello no era de su incumbencia, al fin conseguí comer. No fue una comida muy bien servida, pero sí abundante, y cuando hube terminado permanecí sentado fumando un puro y trazando un plan de acción. Vi que en la calle comenzaba a caer otra nevada. Cuanto más pensaba en ello, Kemp, más comprendía lo absurdo que es ser un hombre invisible y vivir en un clima frío y sucio en una ciudad civilizada y llena de gente. Antes de poner en práctica el experimento, había soñado con mil ventajas. Pero aquella tarde todo me parecía una decepción. Repasé mentalmente cuanto el hombre considera deseable. No cabía duda de que la invisibilidad permitía obtenerlo, pero hacía que resultara imposible disfrutar de ello una vez obtenido. ¿Ambición…? ¿De qué sirve estar orgulloso de la posición de uno si no se puede aparecer en ella? ¿De qué sirve el amor de una mujer cuando su nombre debe ser necesariamente Dalila? No me gusta la política, ni me interesa la fama, ni la filantropía, ni los deportes. ¿Qué podía hacer? ¿Para esto me había convertido en un misterio embozado, en la vendada caricatura de un hombre?

Hizo una pausa y, por su postura, Kemp dedujo que estaba mirando hacia la ventana.

—Pero ¿cómo llegaste a Iping? —preguntó el médico, ansioso de que su invitado siguiera hablando.

—Fui allí para trabajar. Me quedaba una esperanza. Era una idea a medias. Sigo teniéndola ahora, pero ya como algo más definido. ¡Un medio de volver! De recuperar lo que he perdido cuando lo desee, cuando haya hecho todo cuanto pienso hacer valiéndome de mi invisibilidad. Y de esto, principalmente, es de lo que quiero hablarte ahora…

—¿Fuiste directo a Iping?

—Sí. No tuve más que recoger mis tres cuadernos de notas y mi talonario de cheques, mi equipaje y mi ropa interior, encargar una cantidad de instrumentos que me eran necesarios para poner en práctica mi idea (te enseñaré las fórmulas en cuanto recupere los libros) y me puse en camino. Recuerdo la tempestad de nieve y lo molesto que resultaba tener que estar pendiente de que la nieve no humedeciera mi nariz de cartón piedra…

—Y, al fin —dijo Kemp—, anteayer, cuando te descubrieron, a juzgar por lo que dice el periódico…

—Sí. ¿Maté a ese idiota de alguacil?

—No —repuso Kemp—. Creo que se repondrá.

—Entonces tuvo suerte. Perdí los nervios… ¿Y el otro patán, el tendero?

—Se cree que no morirá nadie —dijo Kemp.

—No estoy yo muy seguro de eso en lo que se refiere a mi vagabundo —exclamó el hombre invisible con una risa desagradable—. ¡Por Dios, Kemp, los hombres de tu carácter no sabéis lo que es la cólera! ¡Haber trabajado durante años, haber trazado toda clase de proyectos, para que después un imbécil ignorante y ofuscado se interponga en tu camino…! Cada una de las criaturas sin cerebro que han sido creadas es una cruz para mí… Si esto sigue así, me volveré loco y acabaré por matarlos a todos. Han conseguido que todo me resulte mil veces más difícil.

—Sin duda es exasperante —dijo secamente Kemp.

24

El plan que fracasó

—Pero ahora —dijo Kemp echando una mirada por la ventana—, ¿qué vamos a hacer? —lo dijo acercándose más a su invitado para evitar que advirtiera a los tres hombres que avanzaban por la carretera con lo que le pareció una lentitud intolerable—. ¿Qué pensabas hacer cuando te dirigiste a Port Burdock? ¿Tenías algún plan?

—Pensaba salir del país. Pero he cambiado de opinión después de haberme encontrado contigo. Creía que sería prudente, ahora que la temperatura es cálida y la invisibilidad posible, dirigirme hacia el sur, sobre todo porque ahora mi secreto se conoce y porque todo el mundo andará a la búsqueda de un hombre enmascarado y embozado. Desde aquí sale una línea de barcos para Francia. Mi idea era embarcar y correr los riesgos del viaje. Desde allí iría por tren a España o bien a Argelia. No creo que resultara difícil. Allí, un hombre puede ser invisible sin temor al frío. Y hacer cosas. Estaba utilizando a aquel vagabundo como caja de caudales y portaequipajes, hasta decidir cómo hacer llegar mis libros y mis otras pertenencias al lugar donde me instalara.

—Claro.

—¡Y entonces el muy canalla decide robarme! Ha escondido

mis libros, Kemp. ¡Ha escondido mis libros! ¡Si consigo echarle el guante…!

—Creo que lo primero y principal es conseguir quitarle los libros.

—Pero ¿dónde está? ¿Lo sabes?

—Está en la comisaría del pueblo, encerrado, a petición suya, en la celda más segura.

—¡Canalla! —exclamó el hombre invisible.

—Eso retrasará algo tus planes.

—Tenemos que recuperar esos libros. Esos libros son de vital importancia.

—Por supuesto —dijo Kemp con cierto nerviosismo, preguntándose si lo que oía era rumor de pisadas—. Tenemos que recuperar esos libros. Pero eso no será muy difícil si ignora lo que significan para ti.

—No —respondió el hombre invisible pensativo.

Kemp intentó encontrar un tema para continuar la conversación, pero el hombre invisible siguió hablando sin necesidad de insistirle,

—El hecho de haber entrado en tu casa, Kemp, altera todos mis planes, porque tú eres un hombre que puede comprenderme. A pesar de todo lo que ha sucedido, a pesar de esta publicidad, de la pérdida de mis libros y de todo lo que he sufrido, quedan aún grandes posibilidades, enormes posibilidades… ¿Le has dicho a alguien que estoy aquí? —preguntó bruscamente.

Kemp titubeó.

—Eso quedaba sobrentendido —repuso.

—¿Se lo has dicho a alguien? —insistió Griffin.

—Ni a un alma.

—¡Ah! En fin… —El hombre invisible se puso en pie, con los

brazos en jarras, y comenzó a recorrer la habitación—. Cometí una equivocación, Kemp, una enorme equivocación al llevar a cabo este experimento solo. He desperdiciado energía, tiempo, oportunidades. ¡Solo! ¡Es extraordinario lo poco que puede un hombre solo! Robar algo, herir a alguien, nada más. Lo que yo necesito, Kemp, es una persona que me ayude y un lugar seguro donde esconderme; un lugar donde poder dormir, comer y descansar en paz, sin despertar sospechas. Necesito un aliado. Con un aliado, alimento y descanso, son posibles mil cosas.

»Hasta ahora, mis planes han sido vagos. Tenemos que considerar lo que significa la invisibilidad y lo que no significa. No es muy útil para espiar, porque se hace ruido. Es de poca ayuda para robar en las casas ajenas y, una vez que me hayan atrapado, pueden aprisionarme fácilmente. Pero, por otro lado, soy difícil de agarrar. La invisibilidad, en resumen, solo sirve en dos casos. Es útil para escapar, es útil para matar. Puedo acercarme a un hombre, tenga el arma que tenga, elegir el lugar, golpear como desee, esquivar y escapar como desee.

Kemp se llevó una mano al bigote. ¿Había oído movimiento en el piso de abajo?

—Y lo que tenemos que hacer es matar, Kemp —dijo el hombre invisible.

—Lo que tenemos que hacer es matar —repitió Kemp—. Aunque escucho tus planes, Griffin, te advierto que aún no estoy convencido. ¿Por qué matar?

—No hablo de matar al azar, sino con método. Se trata de lo siguiente. Todos saben que existe un hombre invisible, como nosotros sabemos que hay un hombre invisible. Y ese hombre invisible, Kemp, debe establecer ahora un Reinado del Terror. Sí, no cabe duda de que es espantoso, pero hablo en serio. Un Reinado del Terror. Debe tomar cualquier pueblo, como Burdock, por ejemplo, aterrorizarlo y dominarlo. Debe dar órdenes. Puede hacerlo de mil modos, pero bastará introducir un papel escrito por debajo de las puertas. Y debe matar a todos cuantos desobedezcan sus órdenes y a todos aquellos que los defiendan.

—¡Hum! —dijo Kemp, sin escuchar a Griffin, sino preocupado por el ruido que hacía la puerta de entrada al abrirse y cerrarse—. Me parece, Griffin —dijo para disimular su distracción—, que tu cómplice se encontraría en una situación muy difícil.

—Nadie sabría quién es mi cómplice —explicó el hombre invisible. De pronto exclamó—: ¡Calla! ¿Qué es ese ruido en el piso de abajo?

—Nada —dijo Kemp, que de pronto empezó a hablar en voz alta y muy deprisa—. No estoy de acuerdo contigo, Griffin. Te repito que no estoy de acuerdo. ¿Por qué soñar con dominar a la raza humana? ¿Cómo esperas obtener la felicidad? No seas tan egoísta. Publica el resultado de tu experimento. Confía en el mundo; confía, al menos, en tu patria. Piensa en lo que podrías hacer con la ayuda de un millón de personas…

El hombre invisible le interrumpió extendiendo un brazo.

—Oigo pisadas subiendo la escalera —dijo.

—Tonterías —contestó Kemp.

—Déjame ver —insistió el hombre invisible avanzando con el brazo extendido hacia la puerta.

Y entonces los acontecimientos se sucedieron muy deprisa. Kemp vaciló durante un segundo y se movió para impedirle el paso. El hombre invisible, sorprendido, permaneció inmóvil.

—¡Traidor! —gritó la Voz y, de pronto la bata se abrió y, sentándose, el hombre invisible empezó a desnudarse.

Kemp dio tres pasos rápidos hacia la puerta e inmediatamente el hombre invisible, cuyas piernas se habían esfumado, se puso en pie lanzando una exclamación. Kemp abrió la puerta de par en par.

Al hacerlo, se oyeron pisadas apresuradas y voces que provenían del piso inferior.

Con un rápido movimiento, Kemp empujó a un lado al hombre invisible, dio un salto y cerró la puerta de un portazo. La llave estaba en el exterior, preparada para la ocasión. Un momento después Griffin se hubiera encontrado prisionero, encerrado en el estudio, de no ser por un pequeño detalle. La llave había sido introducida con precipitación aquella mañana, y cuando Kemp cerró la puerta con fuerza, cayó ruidosamente a la alfombra.

El médico palideció. Intentó agarrar el picaporte con las dos manos y, durante unos instantes, permaneció tirando. Después, la puerta cedió unos centímetros, pero Kemp consiguió cerrarla de nuevo. La segunda vez se abrió lo suficiente para dejar paso a un pie y la bata se introdujo en la abertura. Unos dedos invisibles le cogieron por la garganta y Kemp soltó el picaporte para defenderse. Sintió que le arrastraban de nuevo a la habitación, le hacían la zancadilla y le arrojaban pesadamente a un rincón. La bata vacía cayó sobre él.

Por la mitad de la escalera subía ya el coronel Adye, jefe de policía de Burdock, a quien Kemp había dirigido la carta. Permaneció contemplando estupefacto la repentina aparición del médico, seguido por una prenda vacía que luchaba en el aire. Vio a Kemp derribado, esforzándose por levantarse. Le vio levantarse y caer al suelo de nuevo, derribado como un buey.

Y, de pronto, recibió un golpe violento. ¡Un golpe que le llegó de la nada! Un gran peso cayó sobre él y fue arrojado de cabeza por la escalera, sintiendo que le agarraban por la garganta y que una rodilla le hacía presión en los riñones. Un pie invisible le pisó la espalda, pasos fantasmales bajaron rápidamente la escalera, oyó que los dos oficiales de policía que se hallaban en el vestíbulo gritaban y corrían, y la puerta principal de la casa se cerró con violencia.

Se volvió y permaneció sentado mirando en torno suyo. Vio a Kemp, que bajaba tambaleándose la escalera, lleno de polvo y despeinado, con una mejilla magullada, un labio sangrando y sosteniendo en el brazo una bata y algunas otras prendas.

—¡Dios mío! —exclamó Kemp—. ¡El juego ha sido descubierto! ¡Se ha escapado!

25

A la caza del hombre invisible

Durante unos instantes Kemp habló de forma tan incoherente que Adye no pudo comprender lo que acababa de ocurrir. Estaban de pie en el rellano de la escalera. Kemp hablaba atropelladamente, manteniendo en la mano la grotesca ropa de Griffin. Pero, al fin, el jefe de policía comenzó a entender la situación.

—Está loco —dijo Kemp—. No es un ser humano. Es la imagen del egoísmo. No piensa más que en su propia seguridad, en lo que le conviene. Esta mañana he escuchado un relato que giraba en torno a su ego… Ha herido a varios hombres y matará a muchos más a no ser que consigamos evitarlo. Creará el pánico. Nada puede detenerlo. Ha salido de aquí furioso.

—Tenemos que capturarle —dijo Adye—. Es imprescindible.

—Pero ¿cómo? —preguntó Kemp, que se sentía de pronto lleno de iniciativas—. Hay que empezar en seguida; hay que poner en movimiento a todos los hombres disponibles; hay que evitar que huya del distrito. Si consigue escapar, recorrerá el país a voluntad, asesinando y causando daños constantes. Sueña con un Reinado del Terror. ¡Un Reinado del Terror! Hay que vigilar los trenes, las carreteras y los barcos. La guarnición tendrá que ayudarnos; deberá usted pedir más hombres por cable. Lo único que le hará permanecer aquí es la esperanza de recobrar unos cuadernos de notas a los que concede gran valor. Se lo explicaré. Hay un hombre en la delegación de policía llamado Marvel…

—Lo sé —dijo Adye—. Lo sé. Sí…, esos libros. Pero el vagabundo…

—Dice que no los tiene, ya lo sé. Pero él asegura que sí. Hay que evitar que coma y que duerma. Esta región deberá estar día y noche en guardia contra él. Todos los alimentos deberán guardarse con llave a fin de que se vea obligado a delatarse al buscar comida. Todas las casas deberán ser cerradas a cal y canto. ¡Ojalá el cielo nos envíe noches frías y lluvia! Todo el pueblo deberá comenzar la caza y no desfallecer. Le repito, Adye, que ese hombre es un peligro, una plaga. Es terrible pensar en lo que puede suceder si no se lo captura y encierra.

—¿Qué más podemos hacer? —preguntó Adye—. Debo irme en seguida para empezar a organizado todo. Pero ¿por qué no viene usted? ¡Sí, venga también! Venga y celebraremos una especie de consejo de guerra. Pediremos la ayuda de Hopps y del personal de ferrocarriles. Es urgente. Vamos, por el camino me dirá qué otra cosa podemos hacer. Tendrá que anotarlo en un papel.

Un instante después, Adye abría la marcha hacia el piso de abajo. Encontraron la puerta abierta y a los policías en la calle, mirando fijamente al vacío.

—Ha conseguido escapar, señor —dijo uno de ellos.

—Debemos ir rápido a la comisaría —dijo Adye—. Que uno de ustedes vaya a buscar un coche para que nos recoja inmediatamente. Y, ahora, Kemp, ¿qué otra cosa hay que hacer?

—Perros —dijo Kemp—. Consiga perros. Aunque no le vean, le olfatearán. Consiga perros.

—Muy bien —contestó Adye—. Casi todo el mundo lo ignora, pero los oficiales de policía de Halstead conocen a un hombre que tiene perros de presa. ¿Qué más?

—Tengan en cuenta —dijo Kemp— que lo que come es visible. Es visible hasta que asimila el alimento y, por lo tanto, después de comer, tiene que esconderse. No deben cesar en la búsqueda. Hay que registrar cada arbusto y cada rincón y guardar todas las armas o lo que pueda servir para el caso. No puede llevarlas durante mucho tiempo. De modo que todo cuanto pueda servirle para pegar y luchar debe esconderse y guardarse.

—Bien —dijo Adye—. ¡Me parece que conseguiremos atraparlo!

—Y en las carreteras… —continuó Kemp.

No terminó la frase y titubeó.

—¿Qué?

—Cristal triturado —dijo Kemp—. Ya sé que es cruel. Pero ¡considere lo que puede hacer!

Adye aspiró ruidosamente.

—No es juego limpio. Lo sé. Pero tendré preparado el cristal triturado. Si va demasiado lejos…

—Le repito que ese hombre es un ser inhumano —dijo Kemp—. Estoy tan seguro de que establecerá el Reinado del Terror en cuanto se haya repuesto de las emociones de su escapatoria, como lo estoy de estar hablando con usted en este momento. Nuestra única oportunidad consiste en tomarle la delantera. Se ha apartado de la humanidad. Su sangre caerá sobre su cabeza.

26

El asesinato del señor Wicksteed

Parece evidente que el hombre invisible salió de casa de Kemp sumido en una cólera ciega. Un niño que jugaba por allí cerca fue agarrado con furia y arrojado a un lado con tal fuerza que se rompió un tobillo. Durante las horas siguientes, no se le volvió a ver. Nadie sabe a dónde fue o qué hizo. Pero podemos imaginárnoslo, en aquella cálida mañana de junio, corriendo cuesta arriba hasta llegar al campo abierto que quedaba sobre Port Burdock, rabioso y desesperado por su mala suerte, y finalmente refugiándose, cansado y jadeante, entre los matorrales de Hintondean para meditar de nuevo en sus proyectos de dominar a sus semejantes. Ese parece haber sido su refugio, porque fue allí donde volvió a dar señales de vida, de un modo harto trágico, hacia las dos de la tarde.

Se ignora cuál era su estado de ánimo en aquel lapso de tiempo y qué planes trazó. No cabe duda de que debía de hallarse exasperado en grado sumo por la traición de Kemp y, aunque podemos comprender los motivos que condujeron a tal traición, también podemos imaginarnos la ira que la sorpresa debió ocasionarle e incluso simpatizar un poco con él. Probablemente volvió a experimentar las sensaciones de desilusión causadas por sus experiencias de Oxford Street, porque evidentemente había contado con la cooperación de Kemp para sus brutales sueños de un mundo aterrorizado. Sea como fuere, se desvaneció a eso del mediodía y ningún ser humano puede atestiguar lo que hizo hasta las dos y media. Probablemente esto resultó afortunado para la humanidad, pero, para él, la inacción tuvo fatales consecuencias.

En aquel espacio de tiempo, un creciente número de hombres desplegados por la comarca se ocuparon en preparativos para su captura. Por la mañana, había sido simplemente una leyenda, un terror; por la tarde, gracias a la proclamación de Kemp, se había convertido en un adversario tangible que debía ser herido, capturado y vencido, y todos los habitantes de la región se mostraron dispuestos a ello con inconcebible rapidez. A las dos, aún podría haber salido del distrito subiéndose a un tren, pero, después de las dos, huir de ese modo ya era imposible, pues cada uno de los pasajeros del tren en la red de ferrocarriles que atraviesa el paralelogramo limitado por Southampton, Winchester, Brighton y Horsham viajaba encerrado con llave en su departamento y el transporte de mercancías se suspendió casi por completo. En un gran círculo de unos treinta y dos kilómetros alrededor de Port Burdock, hombres armados con rifles y garrotes comenzaron a salir en grupos de tres y cuatro, acompañados de grandes perros, para recorrer las carreteras y los campos.

Policías a caballo vigilaban toda la zona, deteniéndose en cada vivienda y aconsejando a sus habitantes que cerraran las puertas con llave y permanecieran en el interior a no ser que fueran armados. Todas las escuelas elementales se habían cerrado a las tres, y los niños, asustados y reunidos en grupos, se dirigieron rápidamente a sus casas. La proclamación de Kemp, firmada por Adye, estaba reproducida por toda la zona a eso de las cuatro o las cinco de la tarde. De forma concisa pero clara, exponía las condiciones de la lucha, la necesidad de que el hombre invisible no pudiera obtener alimento ni descanso, la necesidad de estar incesantemente alerta y de poner atención a cualquier movimiento sospechoso que delatara su presencia. Y tan rápida y decidida fue la acción de las autoridades, tan universal la fe en la existencia de aquel ser extraño, que antes de que se hiciera de noche, una zona de varios cientos de kilómetros cuadrados se hallaba en riguroso estado de sitio. Y, también antes del anochecer, un estremecimiento de horror recorrió a toda la campiña vigilante y asustada. Pasando en cuchicheos de boca en boca, con rapidez y seguridad, la historia del asesinato del señor Wicksteed alcanzó a todo lo largo y ancho del distrito.

Si nuestra suposición de que el hombre invisible se refugió en la zona de matorrales de Hintondean es exacta, debemos deducir que, en las primeras horas de la tarde, salió de nuevo, después de haber trazado algún proyecto que hacía necesario el uso de un arma. No podemos saber cuál era ese proyecto, pero la evidencia de que tenía la barra de hierro en la mano antes de tropezarse con Wicksteed es, al menos para mí, abrumadora.

Naturalmente, nos es imposible conocer los detalles de aquel encuentro. Ocurrió al borde de una cantera, a unos doscientos metros de la casa de lord Burdock. Todo nos hace suponer una lucha desesperada… El terreno pisoteado, las numerosas heridas que el señor Wicksteed recibió, su bastón hecho pedazos. Pero la razón de este ataque, de no ser un frenesí sanguinario, es imposible de comprender. La teoría de la locura es casi inevitable. El señor Wicksteed era un hombre de unos cuarenta y cinco o cuarenta y seis años, mayordomo de la casa de lord Burdock, de apariencia y costumbres inofensivas y la última persona en el mundo que hubiera podido provocar a tan terrible adversario. Parece ser que el hombre invisible utilizó contra él una barra de hierro arrancada de un trozo de verja rota. Detuvo a aquel hombre, que volvía tranquilamente a su casa para comer, le atacó, venció su débil resistencia, le rompió un brazo, le derribó y redujo su cabeza a una pulpa sanguinolenta.

Naturalmente, debió de haber arrancado la barra de la verja antes de tropezarse con su víctima. Debía de llevarla en la mano. Solo dos detalles, además de lo que ya ha sido relatado, arrojan alguna luz sobre el suceso. Uno de ellos es la circunstancia de que la cantera no estaba en el camino de la casa del señor Wicksteed, sino que había que desviarse a unos doscientos metros. El otro es la declaración de una niña que dijo haber visto al hombre asesinado cuando se dirigía a la escuela aquella tarde, «trotando» de un modo extraño a campo traviesa hacia la cantera. Su imitación de lo que vio sugiere claramente a un hombre persiguiendo algo que corre por el suelo y golpeándolo una y otra vez con su bastón. Aquella niña fue la última persona que le vio con vida. El señor Wicksteed desapareció de su vista y fue al encuentro de la muerte. La lucha que siguió se la ocultaron un grupo de hayas y una ligera depresión del terreno.

Esto, al menos en opinión de este escritor, elimina la teoría de que el asesinato fuera inmotivado. Podemos suponer que Griffin había cogido la barra de hierro, en efecto, como arma de agresión, pero sin la premeditada intención de utilizarla para asesinar. Es posible que Wicksteed se cruzara en su camino y viera la barra moviéndose en el aire de un modo inexplicable. Sin pensar para nada en el hombre invisible —pues Port Burdock está a dieciséis kilómetros de distancia—, debió de perseguirla. Es perfectamente concebible que ni siquiera hubiera oído hablar del hombre invisible. Podemos imaginarnos, pues, al hombre invisible alejándose sin ruido para evitar que su presencia en el vecindario fuera descubierta y a Wicksteed, excitado y curioso, persiguiendo aquel objeto extrañamente locomotriz y, por último, atacándolo.

No cabe duda de que el hombre invisible, en circunstancias normales, hubiera podido alejarse fácilmente de su perseguidor, pero la posición en que se encontró el cuerpo de Wicksteed nos hace suponer que tuvo la mala suerte de perseguir a su asesino hasta colocarlo en un espacio situado entre un montón de ortigas y la cantera. A los que conocen ya la extraordinaria irascibilidad del hombre invisible no les costará imaginarse lo que sucedió a continuación.

Pero esto es pura hipótesis. Los únicos hechos innegables —porque las narraciones de los niños no suelen inspirar mucha confianza— son el descubrimiento del cuerpo de Wicksteed sin vida y de la barra de hierro manchada de sangre, abandonada entre las ortigas. El que Griffin hubiera abandonado la barra nos hace pensar que, en la excitación emocional de aquel suceso, olvidó el fin para el que la había cogido, si es que tenía un fin. Es cierto que se trataba de un hombre sumamente egoísta y cruel, pero el espectáculo de su víctima, su primera víctima, yaciendo ensangrentada a sus pies debió de hacer que alguna fuente de remordimiento, desde hacía mucho tiempo reprimida, surgiera en su interior, fuera cual fuera el plan de acción que se había trazado.

Parece ser que, después del asesinato del señor Wicksteed, atravesó la región hacia las colinas. Se habla de una voz que oyeron al atardecer una pareja de hombres que se hallaban en el campo cerca de Fern Bottom. Era una voz que gemía, reía, sollozaba y, de vez en cuando, gritaba. Tuvo que ser algo extraño de oír. Fue creciendo en volumen por el centro de un campo de tréboles y, al final, se extinguió en dirección a las colinas.

En este lapso de tiempo, el hombre invisible debió de enterarse del rápido uso que Kemp había hecho de sus confidencias. Debió de encontrar las casas cerradas con llave y aseguradas; debió de vagar por estaciones de ferrocarril y rondar por tabernas y posadas y, sin duda, leyó las proclamaciones y comprendió el alcance de la campaña que se había organizado contra él. Según fue avanzando la tarde, los campos comenzaron a poblarse de grupos de tres o cuatro hombres y por todas partes se oía el ladrido de los perros. Aquellos cazadores tenían instrucciones especiales en caso de un encuentro para apoyarse mutuamente. Pero el hombre invisible consiguió evadirse de ellos. Es fácil comprender su exasperación, aumentada por el hecho de que él mismo había facilitado la información que con tanta saña se empleaba ahora en su contra. Aquel día, al menos, perdió ánimos; durante cerca de veinticuatro horas, exceptuando los instantes de su ataque a Wicksteed, fue un hombre perseguido. Esa noche debió de comer y dormir, porque por la mañana se había repuesto y se mostró de nuevo activo, poderoso, iracundo y maligno, listo para su última gran batalla contra el mundo.

27

El sitio de la casa de Kemp

Kemp leyó una extraña misiva escrita con lápiz sobre un grasiento pliego de papel.

«Te has mostrado extraordinariamente enérgico y astuto —decía la carta—, aunque no consigo imaginar qué piensas salir ganando con ello. Te has vuelto en mi contra. Durante todo un día me has perseguido, has intentado robarme mi descanso nocturno. Pero, a pesar de todo, he comido, he dormido y el juego no ha hecho más que empezar. El juego está empezando. No hay más remedio que dar comienzo al Terror. Esta carta anuncia el primer día del Terror. Port Burdock ya no obedecerá a la reina, díselo así al coronel y a todos los demás; me obedecerá a mí…, ¡el Terror! Este es el día uno del año uno de la nueva era…, la Era del Hombre Invisible. Yo soy el Hombre Invisible Primero. Al principio, gobernar será muy sencillo. El primer día habrá una ejecución para que sirva de escarmiento…, la de un hombre llamado Kemp. La muerte le llegará hoy. Podrá encerrarse con llave, esconderse, rodearse de guardias, ponerse una armadura si lo desea… La Muerte, la Muerte Invisible se cierne sobre él. Que tome precauciones; pero no conseguirá con ello más que impresionar al pueblo con mi poder. La Muerte surgirá del buzón de correspondencia al mediodía. La carta caerá en su interior cuando se acerque al cartero. El juego comienza. La Muerte llega. No le ayudéis, pueblo, si no queréis que la Muerte caiga también sobre vosotros. En el día de hoy Kemp ha de morir».

Kemp leyó la carta dos veces.

—No es ninguna amenaza vana —dijo—. Es su voz. Habla completamente en serio.

Dio la vuelta a la página doblada y comprobó que el matasellos era de Hintondean y que, junto a este, se leía el prosaico detalle «Páguense dos peniques».

Se puso en pie lentamente, sin terminar el almuerzo —la carta había llegado con el correo de la una—, y entró en su estudio. Llamó a su ama de llaves y le ordenó que inmediatamente diera una vuelta a toda la casa, inspeccionara los cierres de las ventanas y bajara todas las persianas. Él mismo bajó las de su estudio. De un cajón de su dormitorio extrajo un pequeño revólver. Lo examinó con cuidado y lo introdujo en un bolsillo de su chaqueta. Escribió varias notas, una de ellas para el coronel Adye, y se las entregó a su criada con claras instrucciones respecto al modo en que debía salir de la casa.

—No hay ningún peligro —dijo, y añadió una reserva mental: «Para usted».

Durante algún tiempo después, permaneció meditabundo y, al final, se aproximó de nuevo al almuerzo, que se estaba enfriando.

Comió deteniéndose muchas veces para pensar y, de pronto, golpeó la mesa con fuerza.

—Le cogeremos y yo seré el anzuelo. Irá demasiado lejos.

Subió a su estudio y cerró cuidadosamente las puertas tras de sí.

—Es un juego —dijo—. Un extraño juego. Pero creo que

llevo todas las de ganar, Griffin, a pesar de tu invisibilidad y de tu osadía. Griffin *contra mundum*... ¡más que nunca!

Permaneció de pie junto a la ventana, contemplando la calurosa campiña.

—Tiene que procurarse alimento todos los días. No le envidio. ¿Será cierto que ha dormido esta noche? Lo habrá hecho a la intemperie, para evitar enfrentamientos. Desearía que hiciera frío y un tiempo húmedo, en lugar de cálido. Es posible que en este mismo momento me esté vigilando.

Se acercó más a la ventana. Algo sonó débilmente en la pared debajo del montante y le hizo echarse para atrás sobresaltado.

—Me estoy poniendo nervioso —dijo Kemp. Tardó cinco minutos en acercarse de nuevo a la ventana—. Ha debido de ser un gorrión —concluyó.

Poco después oyó la campanilla de la puerta de entrada y bajó deprisa la escalera. Descorrió el cerrojo, examinó la cadena, la soltó y abrió cautelosamente, sin exponerse. Una voz familiar le habló desde el exterior. Era Adye.

—Han atacado a su criada, Kemp —dijo desde el otro lado de la puerta.

—¡Qué! —exclamó Kemp.

—Le quitaron la nota que llevaba para mí. Debe de andar muy cerca. Déjeme entrar.

Kemp soltó la cadena y Adye entró en la casa por la abertura más estrecha posible. Permaneció de pie en el vestíbulo y miró con infinito alivio cómo Kemp aseguraba la puerta una vez más.

—Le arrancaron la nota de la mano, asustándola terriblemente. Está en la comisaría con un ataque de histeria. El hombre invisible debe de andar por los alrededores. ¿Qué quería comunicarme?

Kemp lanzó una imprecación.

—¡Qué idiota he sido! —exclamó—. Debí habérmelo figurado. Estamos a una hora de camino de Hintondean. Pero ¿tan pronto?

—¿A qué se refiere? —preguntó Adye.

—¡Venga a ver! —dijo Kemp, y condujo al coronel a su estudio y, una vez allí, le entregó la carta del hombre invisible.

Adye la leyó y emitió un silbido de asombro.

—¿Y en la carta de usted…?

—Yo le proponía tenderle una trampa, como un idiota —dijo Kemp—, y mandé mi propuesta por conducto de una criada. Directamente a sus manos.

Adye lanzó una maldición.

—Huirá —dijo.

—No lo creo.

De pronto, llegó hasta ellos un ruido de cristales rotos desde el piso de arriba. Adye vio el brillante reflejo del pequeño revólver que Kemp sacó a medias del bolsillo.

—Es una ventana —dijo Kemp, disponiéndose a subir.

Mientras estaban aún en la escalera oyeron un nuevo destrozo.

Al llegar al estudio descubrieron que dos de las tres ventanas estaban destrozadas, que la mitad de la habitación estaba cubierta de cristales rotos y que una gran piedra había aterrizado sobre la mesa. Los dos hombres se detuvieron en el umbral y contemplaron los estragos. Kemp lanzó una nueva maldición y, al hacerlo, la tercera ventana cedió con un ruido seco, como el de un pistoletazo, permaneció estriada unos segundos y el vidrio cayó al interior de la habitación convertido en triángulos diminutos y dentados.

—¿A qué viene todo esto? —preguntó Adye.

—No es más que el comienzo —dijo Kemp.

—¿Puede llegar trepando hasta aquí?

—Ni un gato podría hacerlo.

—¿No tiene contraventanas de madera?

—Aquí no. Los hay en las demás ventanas de abajo… ¡Vaya!

El ruido de un nuevo destrozo y el crujido de maderas golpeadas resonaron desde el piso inferior.

—¡Maldito sea! —dijo Kemp—. Eso debe de ser… sí, es uno de los dormitorios. Va a destrozar toda la casa. Pero no se da cuenta de que las contraventanas están cerradas y que los cristales caen al exterior. Se cortará en los pies.

Una nueva ventana fue atacada. Los dos hombres se miraron perplejos.

—¡Ya sé lo que voy a hacer! —dijo Adye—. Deme un palo o algo que me sirva para el caso y me iré al puesto de policía para traer los perros. Creo que ellos acabarán con él.

Una nueva ventana sufrió la suerte de sus compañeras.

—¿Tiene usted un revólver? —preguntó Adye.

La mano de Kemp se hundió en su bolsillo, pero titubeó.

—No. Al menos no tengo uno de sobra.

—Se lo devolveré —dijo Adye—. Usted estará a salvo aquí dentro.

Kemp, avergonzado de su momentáneo desvío de la veracidad, le entregó el arma.

—Ahora, a la puerta —dijo Adye.

Mientras permanecían indecisos en el vestíbulo, oyeron cómo una de las ventanas de un dormitorio del primer piso cedía hecha pedazos. Kemp se acercó a la puerta y comenzó a descorrer los cerrojos tan silenciosamente como le fue posible. Su rostro estaba un poco más pálido que lo normal.

—Tiene que salir inmediatamente —dijo Kemp.

Segundos después Adye estaba en el exterior y los cerrojos se corrían de nuevo. Vaciló un momento, sintiéndose más seguro con la espalda apoyada contra la puerta. En seguida, irguiéndose con decisión, bajó los escalones, cruzó el césped y se aproximó a la cancela del jardín. Una pequeña brisa pareció hacer ondular la hierba. Algo se movió junto a él.

—Espere un instante —dijo una voz.

Adye se detuvo en seco y su mano agarró con más fuerza la culata del revólver.

—¿Y bien? —preguntó, pálido y con todos los nervios en tensión.

—Le agradeceré que vuelva de nuevo a la casa —ordenó la Voz, tan tensa como la de Adye.

—Lo siento —dijo Adye roncamente, mientras se humedecía los labios con la lengua.

Calculó que la Voz llegaba a él desde el lado izquierdo y por su imaginación cruzó la idea de probar suerte con el revólver.

—¿Qué es lo que va a buscar? —preguntó la Voz.

Los dos hicieron un rápido movimiento y un rayo de sol se reflejó en el bolsillo abierto de Adye.

El coronel desistió de su idea y reflexionó.

—Donde tenga que ir —dijo lentamente— es cosa mía.

No había acabado de pronunciar estas palabras cuando un brazo le rodeó el cuello, sintió que una rodilla le empujaba por la espalda y cayó hacia atrás. Se puso en pie torpemente y disparó al aire. Un momento después recibió un golpe en la boca y sintió que le arrebataban el revólver de la mano. Hizo un vano intento de agarrar una pierna escurridiza, se esforzó por levantarse y cayó hacia atrás de nuevo.

—¡Maldita sea! —exclamó.

La Voz se echó a reír.

—Le mataría si eso no significara desperdiciar una bala —dijo.

Adye contempló el revólver suspendido en el espacio a poco más de metro y medio de altura, apuntándole.

—¿Y bien? —preguntó mientras se incorporaba.

—Levántese —dijo la Voz.

Adye se puso en pie.

—¡Atención! —ordenó la Voz, y prosiguió con firmeza—: Nada de juegos. Recuerde que, aunque usted no pueda verme la cara, yo veo perfectamente la suya. Tiene que volver a la casa.

—Kemp no me dejará entrar —repuso Adye.

—Pues será una lástima —dijo el hombre invisible—. Porque no tengo nada contra usted.

Adye se humedeció de nuevo los labios. Por encima del cañón del revólver contempló el mar, que lucía de un azul oscuro bajo el sol del mediodía, la campiña verde, el blanco acantilado del cabo y el multitudinario pueblo, y de pronto comprendió que la vida es muy dulce. Sus ojos se posaron de nuevo sobre el pequeño objeto metálico que se hallaba suspendido entre el cielo y la tierra a seis metros de distancia de él.

—¿Qué puedo hacer? —dijo con hosquedad.

—¿Qué puedo hacer yo? —preguntó el hombre invisible—. Usted iba en busca de refuerzos. Por lo tanto, tiene que volver a la casa.

—Lo intentaré. Si Kemp me deja entrar, ¿me promete no abalanzarse sobre la puerta?

—Le repito que no tengo nada contra usted —dijo la Voz.

Kemp se había precipitado al piso de arriba después de la marcha de Adye y ahora, arrodillado entre los cristales rotos y atisbando cautelosamente por un extremo de la repisa de la ventana, vio a Adye parlamentando con el invisible. «¿Por qué no dispara?», se dijo. Entonces el revólver se movió y el reflejo del sol le hirió en los ojos. Se los protegió con la mano, intentando ver de dónde salía el reflejo cegador.

—Claro —dijo—, Adye le ha entregado el revólver.

—Prométame que no se abalanzará sobre la puerta —decía Adye mientras tanto—. No se aproveche de su ventaja y dele una oportunidad de defenderse.

—Usted vuelva a la casa. Le digo con franqueza que no le prometo nada.

De pronto Adye tomó una decisión. Se dirigió hacia la casa andando lentamente con las manos a la espalda. Kemp le observaba, intrigado. El revólver desapareció, emitió de nuevo un reflejo y volvió a desvanecerse. Por fin, después de una observación minuciosa por parte de Kemp, reveló su presencia como un pequeño objeto que seguía a Adye por sí solo. Entonces los acontecimientos se sucedieron con rapidez. Adye dio un salto hacia atrás, giró sobre sus talones y se abalanzó sobre el objeto. No consiguió agarrarlo, levantó las manos y cayó al suelo boca abajo mientras una nube azul se elevaba en el aire. Kemp no oyó el sonido del disparo. Adye se retorció, se incorporó apoyándose en un brazo y cayó al suelo inmóvil.

Durante algunos instantes, Kemp contempló la postrada figura de Adye. La tarde era cálida y silenciosa y nada parecía moverse en el mundo excepto una pareja de mariposas amarillas que se perseguían por unos arbustos entre la casa y la puerta del jardín. Adye había caído sobre el césped, cerca de la puerta. Todas las villas a ambos lados de la carretera tenían las persianas echadas, pero en una caseta de jardín, se veía una figura blanca, aparentemente un anciano dormido. Kemp escudriñó los alrededores de la casa para descubrir el revólver, pero el arma había desaparecido. Sus ojos volvieron a posarse en Adye… El juego había comenzado, ciertamente.

En seguida oyó la campanilla de la puerta principal y unos golpes con el puño, haciendo un ruido que fue creciendo hasta convertirse en un verdadero estrépito. Siguiendo instrucciones suyas, los criados se habían encerrado en sus habitaciones. A continuación, se hizo el silencio. Kemp permaneció escuchando y, después, empezó a mirar cautelosamente al exterior por las tres ventanas, una tras otra. Desde lo alto de la escalera aguzó el oído con inquietud. Se armó con el atizador de la chimenea de su dormitorio y bajó a examinar de nuevo los cierres de las ventanas del piso inferior. Todo estaba tranquilo. Adye continuaba inmóvil junto al camino de grava, en el mismo sitio donde había caído. Por la carretera, entre las villas, se acercaba su criada acompañada por dos policías.

Todo se hallaba sumido en un silencio de muerte. Las tres personas se acercaban con lentitud. Se preguntó qué estaría haciendo su enemigo.

De pronto se sobresaltó. Desde abajo le llegó el eco de un nuevo destrozo. Permaneció unos instantes indeciso y, al final, decidió bajar una vez más. Por toda la casa resonaban pesados golpes y el astillarse de la madera. Hasta él llegó claramente el ruido de los cierres de hierro de las contraventanas al ser golpeados. Dio la vuelta a la llave y abrió la puerta de la cocina. Al hacerlo, las maderas resquebrajadas y hechas pedazos entraron volando en la habitación. Contempló aquello, horrorizado. El marco de la ventana estaba aún intacto, pero en él solo quedaban pequeños dientes de cristal. Las contraventanas habían sido atacadas a hachazos y, en aquel momento, el hacha descendía con fuerza arrolladora sobre el marco y las barras de hierro que lo defendían. De pronto, el hacha saltó a un lado y desapareció. Kemp vio el revólver, que se hallaba en el suelo en el camino de fuera, y observó cómo el arma se elevaba en el aire. Entonces se echó hacia atrás. El revólver disparó demasiado tarde y una astilla que saltó de la puerta pasó volando junto a su cabeza. Cerró la puerta de golpe y dio la vuelta a la llave. Mientras permanecía de pie al otro lado, oyó las carcajadas y los gritos de Griffin. Después los hachazos resonaron una vez más, con su acompañamiento de cristales rotos y maderas astilladas.

Kemp permaneció en el pasillo reflexionando. El hombre invisible no tardaría mucho en entrar en la cocina. La puerta divisoria no constituiría para él ningún obstáculo y entonces...

La campanilla de la puerta de entrada sonó de nuevo. Serían los policías. Echó a correr hacia el vestíbulo, levantó la cadena y descorrió los cerrojos. Hizo hablar a la criada antes de retirar la cadena y, cuando al fin abrió, las tres personas entraron atropelladamente en la casa y Kemp cerró la puerta de golpe.

—¡El hombre invisible! —exclamó Kemp—. Tiene un revólver al que le quedan dos balas. Ha matado a Adye, o por lo menos le ha herido. ¿No le han visto en el césped? Está allí.

—¿A quién? —preguntó uno de los guardias.

—A Adye —dijo Kemp.

—Hemos venido por detrás —dijo la criada.

—¿Qué es ese ruido? —preguntó el guardia que había hablado.

—Está en la cocina... o, al menos, estará muy pronto. Ha encontrado un hacha...

En aquel momento, en la casa resonaron los terribles golpes que el hombre invisible daba en la puerta de la cocina. La criada miró en esa dirección y echó a andar hacia el comedor. Kemp intentó explicarse con palabras entrecortadas. Entonces oyeron cómo la puerta de la cocina cedía.

—Por aquí —dijo Kemp, poniéndose en acción y empujando a los policías hacia el comedor—. ¡El atizador! —dijo abalanzándose sobre la chimenea.

Entregó el que él tenía en la mano a uno de los guardias y el del comedor al otro.

De pronto se echó hacia atrás.

—¡Oh! —exclamó un policía, el cual se agachó para esquivar, dio un paso hacia delante y enganchó el hacha con el atizador.

El revólver disparó su penúltima bala y erró el blanco. El segundo policía dejó caer su atizador sobre el arma, como quien ataca a una avispa, y la lanzó rebotando al suelo.

A las primeras señales de lucha, la criada gritó, siguió gritando junto a la chimenea y después corrió a abrir la persiana, posiblemente con la idea de escapar por la destrozada ventana.

El hacha retrocedió hacia el pasillo y descendió hasta una altura de medio metro sobre el suelo. Se oía perfectamente la respiración del hombre invisible.

—Apártense ustedes dos —dijo—. Busco a Kemp.

—Nosotros le buscamos a usted —dijo el primer policía dando un rápido paso hacia delante y blandiendo su atizador en dirección al lugar de donde procedía la voz.

El hombre invisible debió de echarse hacia atrás y tropezó con el paragüero.

Entonces, mientras el policía se tambaleaba por la inercia del golpe que había fallado, el hombre invisible contraatacó con el hacha. El casco se arrugó como si fuera de papel y el hombre cayó rodando al suelo, junto a la escalera.

Pero el segundo policía, golpeando detrás del hacha con su

atizador, tropezó con algo blando y se oyó algo que se rompía. Sonó una aguda exclamación de dolor y el hacha cayó al suelo. El policía golpeó de nuevo al vacío y no encontró nada. Colocó el pie encima del hacha y golpeó de nuevo. Después permaneció inmóvil, agarrando con fuerza el atizador y escuchando para apreciar el menor movimiento.

Oyó que se abría la ventana del comedor y pisadas rápidas en el interior. Su compañero se dio la vuelta y se incorporó. Un reguero de sangre le corría entre el ojo y el oído.

—¿Dónde está? —preguntó el hombre que estaba en el suelo.

—No lo sé. Le he herido. Debe de estar en el vestíbulo, a no ser que haya pasado por encima de ti. ¡Doctor Kemp! ¡Señor!

Silencio.

—¡Doctor Kemp! —gritó el policía de nuevo.

Su compañero luchó por recobrar el equilibrio y, finalmente, consiguió ponerse en pie. De pronto, se oyó el débil rumor de pasos descalzos en los escalones que descendían a la cocina.

—¡Aquí! —exclamó el primer policía, golpeando con su atizador.

Solo consiguió destrozar el brazo de una lámpara de gas.

Se disponía a perseguir al hombre invisible escalera abajo, pero lo pensó mejor y entró en el comedor.

—Doctor Kemp… —comenzó a decir. Pero se detuvo bruscamente—. El doctor Kemp es todo un héroe —dijo, mientras su compañero miraba por encima de su hombro.

La ventana del comedor estaba abierta y en la habitación no se veía rastro del doctor Kemp ni de la criada.

El comentario que el segundo policía hizo sobre Kemp fue breve y gráfico.

28

El cazador cazado

El señor Heelas, el vecino más próximo de Kemp entre los propietarios de las villas, estaba dormido en su caseta de jardín cuando comenzó el sitio de la casa del doctor. El señor Heelas pertenecía a la gran mayoría que se negaba a creer «todas esas patrañas» acerca de un hombre invisible. Su mujer, sin embargo, como más tarde había de recordarle con frecuencia, creía en su existencia. El señor Heelas insistió en pasear por el jardín como si nada sucediera y por la tarde se durmió como tenía por costumbre desde hacía años. Durmió sin oír el destrozo que sufrían las ventanas y finalmente despertó de pronto con la curiosa sensación de que algo iba mal. Miró hacia la casa de Kemp, se restregó los ojos y miró de nuevo. Puso los pies en el suelo y se incorporó en el asiento. No daba crédito, pero aquel espectáculo inaudito continuaba siendo visible. La casa tenía aspecto de llevar semanas abandonada tras un violento ataque. Todas las ventanas estaban rotas y todas, menos las del estudio, tenían las contraventanas interiores cerradas.

«Juraría que todo era normal —se dijo consultando su reloj— hace veinte minutos».

Oyó entonces un gran estruendo y el rumor de cristales rotos llegó hasta él. En aquel momento, mientras permanecía sentado con la boca abierta, vio algo aún más extraordinario. Las contraventanas del comedor se abrieron con violencia y la criada, vestida de calle y con el sombrero puesto, apareció luchando frenéticamente por forzar hacia arriba una de las hojas de la ventana. De pronto un hombre apareció a su lado ayudándola… ¡El doctor Kemp! Un momento después la ventana se abrió y la criada saltó al exterior, se inclinó hacia delante y se perdió entre los arbustos. El señor Heelas se puso en pie y lanzó una vehemente exclamación al contemplar estos extraños sucesos. Vio a Kemp de pie en la ventana, le vio arrojarse al suelo y reaparecer casi instantáneamente corriendo por un camino entre arbustos e inclinándose como si quisiera evitar ser visto. Desapareció detrás de un árbol y reapareció trepando una cerca que marcaba la línea divisoria con el campo abierto. Segundos después la había saltado y corría con todas sus fuerzas cuesta abajo, en dirección adonde se encontraba el señor Heelas.

—¡Santo Dios! —exclamó este al hacerse la luz en su cerebro—. ¡Debe de ser el hombre invisible! ¡De modo que es cierto después de todo!

Cuando el señor Heelas pensaba de este modo, se ponía inmediatamente en acción, y su cocinera, que le contemplaba desde una ventana, vio atónita cómo se acercaba a la casa a una velocidad de quince kilómetros por hora. Se oyó un portazo, el sonido urgente de la campanilla y la voz del señor Heelas bramando como un toro.

—¡Cierren las puertas, cierren las ventanas, cierren todo! ¡Viene el hombre invisible!

Al instante, la casa se llenó de gritos, órdenes y carreras atropelladas. Él mismo cerró el ventanal que daba a la terraza y, en aquel momento, la cabeza, hombros y rodilla derecha de Kemp aparecieron por encima de la valla del jardín. Un momento después el médico había atravesado las esparragueras y corría por el campo de tenis hacia la casa.

—¡No puede usted entrar! —dijo el señor Heelas echando el cerrojo—. ¡Lo lamento si viene detrás de usted, pero no puede entrar!

El rostro aterrorizado de Kemp apareció junto al vidrio, primero golpeando y después sacudiendo enérgicamente el marco del ventanal. Viendo entonces que sus esfuerzos eran inútiles, corrió por la terraza, saltó por encima de la barandilla y comenzó a aporrear la puerta lateral. Después dio la vuelta a la casa y salió a la carretera. Y apenas el señor Heelas, que miraba desde detrás de la ventana, habría asistido a la desaparición de Kemp, cuando vio horrorizado que sus espárragos eran aplastados por pies invisibles. Entonces huyó precipitadamente al piso de arriba y lo que sucedió después permaneció ignorado por él. Aun así, al pasar junto a la ventana de la escalera, oyó que se cerraba la puerta de la verja.

Al salir a la carretera, Kemp echó a correr instintivamente cuesta abajo, y de ese modo repitió en persona la carrera que contemplara con mirada crítica desde su estudio cuatro días antes. Corrió bien, si se tiene en cuenta que no estaba acostumbrado a ello y, aunque su rostro estaba pálido y húmedo de sudor, no perdió el control de sus nervios. Corría a zancadas y cada vez que tropezaba con un accidente del terreno o con un montón de piedras, o cuando un trozo de cristal roto brillaba al sol, lo saltaba dejando que los pies invisibles y desnudos lo salvaran como pudieran.

Por primera vez en su vida, Kemp descubrió que la carretera de la colina era indescriptiblemente larga y desolada y que las primeras casas del pueblo que se elevaban al fondo se hallaban extrañamente remotas. Pensó que nunca había existido un método de viajar más lento o más doloroso que correr. Todas las villas, que dormían bajo el sol de la tarde, estaban cerradas con llave y aseguradas. Cierto que no hacían sino obedecer sus propias órdenes, pero ¡de todos modos, habrían debido tomar en consideración una eventualidad como aquella! El pueblo se hallaba ya más cerca, el mar, a su espalda, había desaparecido de su vista, y vio algunas personas que se movían. Un tranvía acababa de llegar al fondo de la cuesta. Más allá estaba la comisaría. ¿Eran pisadas lo que oía inmediatamente a su espalda? ¡Un último esfuerzo!

La gente del pueblo le miraba con asombro, una o dos personas echaron a correr y Kemp sintió que comenzaba a respirar con dificultad. El tranvía estaba ya muy cerca y la taberna de The Jolly Cricketers cerraba con estruendo sus puertas. Detrás del tranvía había postes y montones de grava de las obras de drenaje. Sintió el transitorio impulso de saltar al tranvía y encerrarse en él, pero luego decidió dirigirse a la comisaría. Un instante después, había dejado atrás la puerta de la taberna y se hallaba en el extremo sin empedrar de la calle, rodeado de seres humanos. El conductor del tranvía y su ayudante, atónitos ante su furiosa prisa, permanecieron mirándolo, con los caballos desenganchados. Más allá, las facciones estupefactas de los obreros surgieron por encima de los montones de grava.

Su paso se hizo algo más lento, pero al oír las rápidas pisadas de su perseguidor, se apresuró de nuevo.

—¡El hombre invisible! —gritó a los obreros haciendo un gesto indicador.

Siguiendo una repentina inspiración, saltó la excavación haciendo que un grupo de hombres se interpusiera entre él y su enemigo. Después, abandonando la idea de ir a la comisaría, dobló por una calle lateral, empujó el carrito de un verdulero, titubeó durante una décima de segundo ante la puerta de una confitería y luego se dirigió a una bocacalle que volvía a la calle principal. Dos o tres niños que estaban jugando gritaron cuando apareció y echaron a correr. Inmediatamente se abrieron puertas y ventanas y sus solícitas madres los obligaron a entrar en sus casas. Desembocó una vez más en la calle principal, a unos trescientos metros del término de la línea del tranvía, y entonces llegó hasta él el eco de un gran griterío y vio que todo el mundo corría.

Miró hacia la cuesta y descubrió que, a unos doce metros, un obrero corría soltando imprecaciones y golpeando furiosamente al aire con una pala. Detrás de él avanzaba el conductor del tranvía con los puños apretados. Otros hombres seguían a aquellos dos, gesticulando y gritando. Por el centro del pueblo, hombres y mujeres corrían y vio claramente a un hombre salir de una tienda con un bastón en la mano.

—¡Desplegaos! ¡Desplegaos! —gritó alguien.

De pronto Kemp comprendió que la caza había cambiado. Se detuvo y miró jadeante alrededor.

—¡Está aquí cerca! —gritó—, formad un cordón a través…

Recibió un violento golpe debajo de la oreja y se tambaleó; pero procuró no dar la espalda a su invisible adversario. Consiguió mantenerse en pie y golpeó sin éxito al vacío. Entonces fue atacado de nuevo en la mandíbula y cayó de cabeza al suelo. Segundos después una rodilla presionó sobre su diafragma y un par de manos ávidas le agarraron por la garganta, aunque advirtió que una de ellas tenía menos fuerza que la otra. Al agarrarle de las muñecas oyó un grito de dolor y, en aquel momento, la pala del obrero descendió desde lo alto y golpeó sordamente sobre un cuerpo. Kemp sintió que una gota de algo húmedo le caía en la cara.

La presión sobre su garganta cedió de pronto y, haciendo un esfuerzo convulsivo, se liberó, agarró un hombro y se quedó mirando hacia arriba. Sujetó con fuerza los codos invisibles a la altura del suelo.

—¡Aquí le tengo! —gritó Kemp—. ¡Ayuda! ¡Ha caído! ¡Sujetadle los pies!

Un segundo después la multitud se precipitó al lugar de la lucha y, si un forastero hubiera aparecido por la carretera en aquel momento, habría pensado que se estaba celebrando un partido de rugby excepcionalmente violento. No se oyó ninguna voz después del grito de Kemp; solamente resonaron los golpes, las pisadas y las respiraciones jadeantes.

Tras hacer un esfuerzo supremo, el hombre invisible se quitó de encima a dos de sus adversarios y logró ponerse en pie. Kemp permaneció agarrado a él de frente como un perro de caza a un ciervo, y, mientras, una docena de manos sujetaban, sacudían y arañaban al invisible personaje. El conductor del tranvía le cogió por el cuello y le arrojó al suelo de nuevo.

Todo el grupo de hombres cayó y rodó por el suelo. Me temo que varias personas empezaron a darle brutales patadas. De pronto se oyó un grito salvaje que decía:

—¡Piedad, piedad!

La voz cesó de hablar y se convirtió en un sonido de ahogo.

—¡Atrás, idiotas! —gritó la voz apagada de Kemp, y se produjo un movimiento hacia atrás de cuerpos fornidos—. Os digo que está herido. ¡Atrás!

Hubo una pugna para dejar un espacio libre y, después, el círculo de rostros ansiosos vio que el médico se arrodillaba a unos treinta centímetros del suelo, sujetando unos brazos invisibles. A su espalda, un guardia retenía unos tobillos invisibles.

—¡No le soltéis! —gritó el corpulento obrero, que seguía agarrando la pala ensangrentada—. Está fingiendo.

—No está fingiendo —dijo el médico levantando cautelosamente la rodilla—. Yo le sujetaré.

Tenía la cara magullada y hablaba con dificultad porque le
sangraba un labio. Soltó una de las manos y pareció palpar la cara
invisible.

—Tiene mojada la boca —dijo, y después—: ¡Dios mío!

Se puso bruscamente en pie y después se arrodilló en el suelo
junto al cuerpo invisible. Todo el mundo empujaba y aparecieron
nuevos espectadores, aumentando la presión del grupo. Del interior de las casas salían sus moradores y las puertas de The Jolly
Cricketers se abrieron de pronto de par en par. Casi nadie hablaba.

La mano de Kemp palpaba y parecía atravesar el aire vacío.

—No respira —dijo—. Su corazón no late. Su costado…

Una vieja que miraba por debajo del brazo del obrero exclamó
vivamente:

—¡Mirad! —Y señaló con uno de sus arrugados dedos.

Al mirar donde señalaba, todos vieron el contorno de una
mano, débil y transparente, como si estuviera hecha de vidrio, de
modo que las venas y las arterias, los huesos y los nervios apenas
podían distinguirse… Una mano caída e inerte. Mientras miraban,
fue haciéndose lentamente más opaca.

—¡Oh! —gritó el guardia—. ¡Empiezan a vérsele los pies!

Y de este modo, poco a poco, comenzando por sus manos y
sus pies y subiendo despacio hasta los centros vitales de su cuerpo,
la extraña transformación continuó su proceso.

Era como si un veneno se propagara con lentitud. Primero
aparecieron las pequeñas venas blancas, trazando un confuso bos-
quejo de los miembros del cuerpo, después los huesos vidriosos y

las intrincadas arterias, después la carne y la piel, al principio brumosamente, y haciéndose después densas y opacas. Pronto pudieron contemplar su pecho y sus hombros, amoratados por los golpes, y sus facciones.

Cuando por fin el grupo hizo sitio a Kemp para ponerse en pie, vieron tendido en el suelo, desnudo e indefenso, el cuerpo apaleado de un hombre de unos treinta años. Su cabello y sus cejas eran blancos —no blancos por la edad, sino blancos con la blancura del albino— y sus ojos eran de color granate. Tenía las manos agarrotadas y los ojos abiertos, y su expresión era de ira y desesperación.

—¡Cúbranle la cara! —gritó un hombre—. ¡Por el amor de Dios, cubran esa cara!

Y a tres niños que se habían abierto paso entre la multitud para mirar les dieron la vuelta y los mandaron de regreso a casa.

Alguien llevó una sábana de The Jolly Cricketers y, después de haberlo cubierto, lo introdujeron en la taberna. Y allí fue donde, sobre una sucia cama, en un dormitorio mal iluminado, rodeado por un grupo de campesinos ignorantes y excitados, capturado y herido, traicionado y sin inspirar compasión alguna, Griffin, el primero de todos los hombres que logró hacerse invisible, Griffin, el físico de más talento que el mundo ha conocido, terminó en infinito desastre su extraña y terrible carrera.

Epílogo

De este modo termina la historia del inaudito y maligno experimento del hombre invisible. Si el lector desea conocer algún otro detalle sobre él, debe acercarse a una pequeña posada que hay cerca de Port Stowe y hablar con el dueño. El emblema de la posada es una tablilla en blanco en la que solo hay dibujados un sombrero y unas botas. El nombre de la posada es el que da título a esta historia. El dueño es un hombrecillo bajo y corpulento, cuya nariz es simplemente una protuberancia cilíndrica, de cabello escaso y cutis esporádicamente rubicundo. Si el lector bebe con generosidad, le hablará, también de forma generosa, de todo cuanto le ocurrió después de los sucesos anteriores y de cómo los jueces intentaron despojarle del tesoro que le encontraron encima.

—¡Cuando descubrieron que no podían demostrar a quién pertenecía —repite—, intentaron convertirme en un tesoro escondido! ¿Tengo yo aspecto de ser un tesoro escondido? Y, después, un caballero me ofreció una libra por noche por contar mi historia en el Empire Music Hall.

Y, si el lector desea cortar bruscamente la oleada de sus reminiscencias, siempre puede hacerlo preguntándole si no se habló en aquellos días de tres manuscritos. Él confiesa que existían y explica que todo el mundo cree que los tiene. Pero ¡no es cierto!

—El hombre invisible los cogió para esconderlos cuando yo hui hacia Port Stowe. Ese doctor Kemp fue quien metió en la cabeza de la gente la idea de que yo los tenía.

A continuación, se queda pensativo, contempla de un modo furtivo a su cliente, comienza nerviosamente a limpiar los vasos y pronto procura abandonar el mostrador.

Es un hombre soltero, sus gustos han sido siempre los de un soltero y no hay mujeres en la casa. Exteriormente, utiliza botones, pues es lo que se espera de él, pero para sus prendas privadas, para los tirantes, por ejemplo, prefiere utilizar una cuerda. Dirige su posada sin grandes filigranas, pero con decoro. Sus movimientos son lentos y es un gran pensador. En el pueblo tiene fama de ser muy prudente y respetable, y su conocimiento de las carreteras del sur de Inglaterra es casi más amplio que el de Cobbett.

Los domingos por la mañana, todos los domingos del año por la mañana, cuando se encuentra cerrado al resto del mundo, y todas las noches después de las diez, entra en su salita privada llevando en la mano un vaso de ginebra con unas gotas de agua y, tras colocarlo sobre la mesa, cierra la puerta con llave, examina las persianas e incluso mira debajo de la mesa. Después, satisfecho al comprobar que se halla en completa soledad, abre un armario y una caja que hay dentro del armario y un cajón que hay dentro de la caja, saca a la luz tres volúmenes encuadernados en cuero marrón y los coloca con aire solemne en el centro de la mesa. Las cubiertas están desgastadas y ligeramente teñidas de verde, pues en cierta ocasión estuvieron escondidos en una zanja, y el agua sucia ha borrado por completo varias páginas. El dueño de la posada se sienta en una butaca y llena lentamente su pipa contemplando los libros con avidez. Después, acerca uno de ellos y comienza a estudiarlo volviendo las páginas en todas direcciones.

Frunce las cejas y mueve penosamente los labios.

—Una equis, un dos pequeño a la derecha, una cruz y algo que no entiendo. ¡Señor! ¡Qué intelecto el suyo!

Al cabo de un rato se echa hacia atrás y, a través del humo de su pipa, parece como si contemplara algo oculto para el resto de los hombres.

—Llenos de secretos —dice—. ¡Secretos magníficos! Una vez que haya conseguido descifrarlos… ¡Dios mío! No haría lo que él hizo; haría… ¿quién sabe?

Y aspira una vez más su pipa.

De este modo, se sumerge en un sueño, el sueño maravilloso de su vida. Y aunque Kemp ha buscado sin cesar, ningún ser humano, excepto el dueño de la posada, conoce el lugar donde se ocultan esos libros, que contienen el sutil misterio de la invisibilidad y una docena de otros extraños secretos. Y nadie conocerá su existencia hasta su muerte.

Índice de contenidos